Knaur.

Im Knaur Taschenbuch Verlag ist bereits folgendes Buch der Autorin erschienen:
Sex-Knigge für Männer – Eine Frau verrät, wie ER zum perfekten Liebhaber wird.

Eine Auswahl erotischer Highlights aus dem Programm des Knaur Taschenbuch Verlags finden Sie ab Seite 203.

Über die Autorin:
Marcie Mai, Anfang 30, wird von Freunden und Bekannten langsam schon verflucht für ihre Neugierde in Sachen Partnerschaft und Sexualität. Die Ergebnisse ihrer Recherchen, die Marcie Mai natürlich auch in den Kneipen auf dem Kiez ihrer Heimatstadt Hamburg sammelt, sind nicht nur in ihren BETTsellern, sondern auch in Zeitschriften wie *Men's Health*, *Maxi* und *Allegra* zu lesen.

Marcie Mai

Mit zarter Hand

Sinnliche Erfahrungen
für neugierige Frauen

Knaur Taschenbuch Verlag

Originalausgabe September 2004

Ein Unternehmen der Droemerschen Verlagsanstalt
Th. Knaur Nachf. GmbH & Co. KG, München.

Konzeption und Realisation: Ariadne-Buch, Christine Proske
Redaktion: Kathrin Nord
Umschlaggestaltung: ZERO Werbeagentur, München
Umschlagabbildung: photonica
Satz: Pinkuin Satz und Datentechnik, Berlin
Druck und Bindung: AIT Nørhaven A/S
Printed in Denmark
ISBN 3-426-62702-7

2 4 5 3 1

Inhalt

Vorwort

Was denken Sie gerade, liebe Leserin? Dass Sie schon wissen, wie Sie es sich selbst schön machen können? Dass Sie sich sowieso nicht selbst befriedigen? Dass dieses Thema niemand anderen etwas angeht? Dass es Ihr Geheimnis ist, über das Sie nicht reden wollen und werden?

Alles akzeptiert, aber überlegen Sie ruhig noch ein wenig weiter. Möglicherweise kennen Sie ja folgende Situation: Sie liegen mit Ihrem Partner im Bett, der Sex ist wunderschön, doch Sie gehen am Ende leer aus. Von einem Orgasmus weit und breit keine Spur. Bitte sorgen Sie sich deshalb nicht, denn Sie sind keine Ausnahme! Allerdings sollten Sie derartige Nullnummern nicht stillschweigend hinnehmen. Sehen Sie zu, dass Sie wenigstens anderweitig sexuell auf Ihre Kosten kommen. Und damit meine ich nicht, mit einem anderen Mann in die Federn zu hüpfen. Nehmen Sie Ihre sexuelle Befriedigung sicherheitshalber selbst in die Hand. Für viele Frauen ist die Selbstbefriedigung der bevorzugte und oftmals sogar einzige Weg, einen Orgasmus zu erreichen.

Falls Sie bereits überzeugte Masturbantin sind, kennen Sie vielleicht die Momente, in denen Sie im Bett liegen oder unter der Dusche stehen, am Schreibtisch sitzen oder sich auf dem Sofa wälzen und sich befriedigen wollen – aber es klappt einfach nicht. Ihr Kopf blockiert und Sie stellen den Sinn der Selbstbefriedigung infrage. Momente, in denen Sie an sich selbst zweifeln und sich mitunter sogar für Ihre Lust schämen. Das ist einerseits ganz normal, doch beileibe kein Soll-Zustand!

Daran lässt sich genauso etwas ändern wie an langweiligen Autofahrten, öden Familienfeiern, stressigen Jobtagen oder Einschlafproblemen in den Nächten vor wichtigen Terminen. So ist es beispielsweise unnötig, sich stundenlang im Bett hin und her zu wälzen, Schäfchen zu zählen oder die Augen zwanghaft und letztlich ohne Erfolg zusammenzupressen. Das kostet viel zu viel Mühe und Zeit, besonders da ein paar gekonnte Handgriffe in der unteren Körperregion genügen, um befriedigt in süße Träume zu fallen. Und damit nicht genug der Vorteile: Zeitgleich stärken regelmäßige erotische Handlangereien mit erfolgreichem Abschluss den Pubococcygeus-Muskel (abgekürzt: PC-Muskel), der sich im Beckenboden zwischen Schambein und Anus befindet. Ein derart gut trainierter Muskel beugt beispielsweise Blasenschwäche vor. Daher mal ehrlich, falls Sie bislang noch nicht von der Masturbation überzeugt waren: Lieber öfter ein bisschen Spaß mit sich selbst haben, als später im Seniorenalter oder sogar schon früher mit geschwächter Blase herumzulaufen, oder? Für mich zumindest gibt es da kein Abwägen oder Überlegen. Wir Frauen sollten die Angelegenheit selbst in die Hand nehmen, buchstäblich und zu unserem eigenen Wohlergehen.

Aber genug der Rede über medizinische Dinge und kaum aussprechbare Körperteile. Denn der eigentliche Grund, warum ich Ihnen das alles erzähle, ist folgender: Ich möchte, dass auch Sie nicht mehr so viel nachdenken und hinterfragen. Ich möchte, dass Sie die Masturbation als Chance erkennen. Falls Sie es bisher noch nicht getan haben, akzeptieren Sie die Selbstbefriedigung als eine Bereicherung für Ihr Leben und nehmen Sie es als Fakt:

Selbstbefriedigung
eröffnet Frauen ein hohes Maß an sexueller Freiheit. Ohne auf einen Partner angewiesen zu sein, können sie erregende Momente erleben.

Selbstbefriedigung
ermöglicht es Frauen, sich intensiv zu erforschen und kennen zu lernen und zeigt ihnen dabei, wie ihr Körper auf sexuelle Stimulation reagiert.

Selbstbefriedigung
kann von frühester Kindheit bis ins hohe Alter ausgeübt werden.

Selbstbefriedigung
kann sexuelle Spannungen und Frustrationen abbauen, die sich zum Beispiel im Rahmen einer unerfüllten Partnerschaft ergeben.

Selbstbefriedigung
ist für viele Frauen der bevorzugte und oftmals sogar einzige Weg, einen Orgasmus zu erreichen. Zum Beispiel weil sie sich geistig mit erotischen Fantasien ideal stimulieren können.

Und zu guter Letzt: Selbstbefriedigung macht einfach Spaß!
Eine Umfrage der Zeitschrift *Journal für die Frau* aus dem Jahr 2003 ergab: Insgesamt 68 Prozent der Frauen in Deutschland lieben den Solosex und legen im Durchschnitt 3,6-mal im Monat selbst Hand an. Einige greifen dabei auch auf Sexspielzeug wie Vibratoren und Dildos zurück, andere stimulieren ihre Klitoris nur mit den Fingern. Einige machen es bevorzugt im

Auto, andere lieben es in der Badewanne und wiederum andere besorgen es sich lieber zu Hause unter der Bettdecke. Doch egal wie oft, egal wo und wie – alle machen sie es richtig!

Jetzt ist aber Schluss mit dem Grübeln, liebe Leserin! Hören Sie auf, weiter darüber nachzudenken, ob Selbstbefriedigung wichtig ist oder warum und wie Sie es (hoffentlich) tun. Machen Sie es sich einfach schön – Sie haben es sich verdient.

Dieses Buch soll die Masturbation nicht neu erfinden oder Ihnen gar Vorschriften machen. Denn in Sachen Selbstbefriedigung gibt es kein allgemein gültiges Richtig oder Falsch. Jede Frau hat ihre eigenen Vorlieben und sexuellen Bedürfnisse. Dieses Buch gibt ihnen Hilfestellung dabei, sie zu befriedigen.

In diesem Buch erfahren Sie etwas über:

- die Handhabung netter Spielsachen aus der Gemüsetheke
- die Vor- und Nachteile von Bauarbeitern
- gekonnte Handgriffe mit 99,9-prozentiger Orgasmus-Garantie
- bestimmte Stellungen bei der Masturbation
- den erotischen Zeitvertreib bei Familienfesten
- die ungeheure Bedeutung von Kellogg's Cornflakes
- den Gebrauch von Vibratoren und Dildos
- das Ausleben erotischer Fantasien
- den Einbezug des Partners in kleinere und größere Handlangereien
- Selbstbefriedigung während der Schwangerschaft
- Prominente und ihre Meinung zur Masturbation
- und noch vieles mehr

Wenn kein Sexualpartner in Reichweite ist und die ganze Welt sich gegen einen verschwört, und wenn die Lust zu brodeln beginnt – wunderbar, sich selbst hat die Frau schließlich immer.

Mythen und Geschichten über Kellogg's, Kirche und kleine Machos

Der Papst ist immer noch ein Mensch – auch wenn einige ihn für Höheres halten – und eigentlich könnte man doch angesichts seiner Lebensumstände meinen, er würde etwas mehr Verständnis zeigen. Dies ist aber nicht der Fall. Im Gegenteil: Wir schreiben das Jahr 1993, als Papst Johannes Paul II. im *Katechismus der Katholischen Kirche* unter Absatz 2.352 die Masturbation als »eine in sich schwere ordnungswidrige Handlung« brandmarkt. Besonders wir Frauen beschäftigen in dieser Hinsicht das katholische Oberhaupt immer wieder: Er sieht die weibliche Masturbation als reine Wollust an, was einer Todsünde gleichkommt. So ist es fast ein Lichtstrahl am dunklen Horizont, dass der Papst wenigstens seinen Geschlechtsgenossen die Masturbation als ein organisches Muss zugesteht ...

Großes Aua! Essigwasser für kleine Sünderinnen

Epilepsie, Gedächtnisverlust, Schwächung des Augenlichts, Idiotie, Lungentuberkulose, Akne, Rundrücken und Ähnliches mehr – wer im 18. und 19. Jahrhundert die Worte Masturbation und Onanie auch nur erwähnte, wurde sofort mit allerhand Schauergeschichten über die möglichen Folgen konfrontiert.

Kaum zu glauben, aber wahr: Vertreter dieser gruseligen

Erzählungen waren nicht nur das gemeine Volk und die Kirche, sondern auch angesehene Mediziner. In ihren Berichten nannten sie die schlimmsten Krankheiten als wahrscheinliche Bestrafung für die sexuelle Selbstfreude – und trugen damit zur Tabuisierung der Masturbation bei.

Um 1760 veröffentlichte zum Beispiel Dr. Samuel Auguste David Tissot das Buch *Von der Onanie, oder Abhandlung über Krankheiten, die von der Selbstbefleckung herrühren.* Der Schweizer Arzt vertrat darin die Meinung, dass Körperflüssigkeiten wie Blut und Galle unbedingt im Gleichgewicht stehen müssten, damit der Mensch gesund sei. Im Klartext: Wer mit seinen Körperflüssigkeiten, und dazu zählte Tissot auch das von Frauen während der sexuellen Erregung produzierte Sekret, nicht ordentlich haushielt, sondern sie eigens verschwendete, fand sich auf dem Krankenbett wieder. Gerade bei Frauen, da war sich dieser Arzt sicher, könnten die Begleiterscheinungen von einem Zuviel an sexueller Erregung das gesamte Nervensystem schädigen. Daher warnte er vor der Masturbation.

Nun aber zu glauben, Tissot sei ein Einzelkämpfer gewesen und mit seinen düsteren Warnungen allein auf weiter Flur, wäre falsch. Nicht nur, dass sein Buch mehrfach neu aufgelegt und in alle wichtigen europäischen Sprachen übersetzt wurde – der Arzt hatte heftige Mitstreiter. Benjamin Rush beispielsweise, einer der Unterzeichner der amerikanischen Unabhängigkeitserklärung, schrieb Ende des 18. Jahrhunderts, dass masturbierende Frauen schwach und hinfällig seien. Er erklärte dies mit der Belastung durch physische und moralische Übel, welche das einsame Laster Körper und Geist auferlegte.

Auch bei der Frage, wie der autosexuelle Drang unterbunden werden könnte, hatten jede Menge Männer Tipps parat. Einer von diesen Herrschaften war Christian Gotthilf Salzmann,

Theologe und überdies Pädagoge. Da die Selbstbefriedigung natürlich schon die jüngsten der Bevölkerung befallen konnte, riet Salzmann allen Eltern, die Kinder auf eine entsprechende Diät zu setzen, sie mit eiskalten Bädern zu schocken oder ihnen Trinkkuren mit Essigwasser zu verabreichen.

Von wegen gute alte Zeiten – in Sachen Selbstbefriedigung war lange Jahrzehnte gar nichts gut. Im Gegenteil, es war der blanke Horror: Für Mädchen dachte man sich diverse Arten von Keuschheitsgürteln aus, in Irrenanstalten wurden angeblich geisteskranke Nymphomaninnen mit Handschellen gefesselt, und man legte ihnen Apparate an, die verhinderten, dass die Oberschenkel aneinander reiben konnten. In schlimmen Fällen entfernte man sogar die Klitoris oder verätzte Teile der kleinen und großen Schamlippen. Als das zuverlässigste Mittel gegen das Laster galt aber die so genannte Infibulation. Dies war ein bis ins 19. Jahrhundert gebräuchlicher chirurgischer Eingriff, bei dem die Vorhaut des Penis oder, allerdings seltener, die großen Schamlippen der Mädchen vernäht oder verheftet wurden.

Guten Appetit! Knusperflocken gegen Lustgefühle ...

Kennen Sie Dr. John Harvey Kellogg, den Erfinder der Kellogg's Cornflakes? Eigentlich könnte man meinen, dieser Mann war bestimmt ein netter, lockerer Typ. Seine Flocken haben schließlich bis heute überlebt, und das, weil sie richtig lecker sind. Aber J. H. Kellogg hatte nur eines mit seinen Flocken gemein – auch er war hart und trocken. Und Ende des 19. Jahrhunderts galten seine bekannten Knusperflocken als Heilmittel gegen den Drang zur Masturbation. Doch damit nicht genug: Massiv setzte sich Kellogg gegen die Selbstbefriedigung ein und informierte die Menschen ausgiebig über die angeblich fatalen Folgen. In seinem 1888 erschienenen Buch mit dem spannenden Titel *Plain Facts for Old and Young: Embracing the Natural History and Hygiene of Organic Life* (*Simple Tatsachen für Alte und Junge: Ausführungen über die Naturgeschichte und Hygiene von organischem Leben)* berichtete er zum Beispiel über 39 Anzeichen der Masturbation bei Kindern. Darunter finden sich die Akne, Blässe, Rundrücken, hängende Schultern, Bettnässen, Nägelbeißen und Tabakkonsum. Zudem meinte J.H. Kellogg, dass Kinder und Jugendliche, die lustvoll an sich rumspielten, zuweilen frech, verwirrt und scheinheilig sein könnten. All diese Erscheinungen müssten besorgte Eltern alarmieren und aktiv werden lassen. Diesbezüglich gab der Flockenerfinder Tipps: So sollten Eltern ihrem Nachwuchs die Genitalien bandagieren oder ihm die Hände zusammenbinden; weiterhin empfahl Kellogg eine Diät, deren Bestandteil seine Cornflakes waren. Speziell den Eltern von Mädchen riet er sogar, die Klitoris mit reiner Karbolsäure zu behandeln.

Dass die Knusperflocken noch nicht boykottiert wurden, liegt wahrscheinlich daran, dass sie zu lecker schmecken und vor allem bestimmt nicht die Lust auf Selbstbefriedigung verringern. Kurzum: Herr J.H. Kellogg hat versagt und mit diesem Wissen lassen sich die Flakes beruhigt weiterlöffeln. Falls Sie dem Mann übrigens richtig eins auswischen wollen und somit Gerechtigkeit für alle Geschlechtsgenossinnen von einst einfordern – machen Sie es sich nach einer großen Schale Cornflakes so richtig schön. Masturbieren Sie ausgiebig und ungehemmt!

Und, liebe Leserin, fällt Ihnen etwas auf? Salzmann, Tissot, Rush, Kellogg – es waren immer Männer, die gegen die Selbstbefriedigung vorgingen. Besonders die weibliche Masturbation wollten sie unterbinden, und das hatte seine Gründe: Dass sich Frauen ohne männliche Unterstützung ein paar schöne Stunden bereiteten, fanden die Herren ziemlich beunruhigend. Sie fragten sich, woher die Damen nur diese erotische Kapazität nahmen. Mussten viele Männer nach einem Orgasmus klein beigeben, schien die Lust der Frauen unerschöpflich. Dieser offensichtlich grenzenlose Selbstgenuss war für die Herrschaften unerträglich und verpönt. Es hatte etwas Geheimnisvolles, dem sie einfach nicht auf die Schliche kommen konnten. Deshalb lenkten sie ihr Augenmerk bei allen Ratschlägen ganz einfach auf die Klitoris: Sie wurde zum Übel aller Dinge erklärt. Schließlich war sie ein Organ, das einzig der Lust dient und für die Zwecke der Fortpflanzung überflüssig ist. So etwas konnte und durfte es nach Meinung der Männer nicht geben. Darum schneiden, einreiben, verheften. Doch glücklicherweise sind diese Aussichten heute zum Großteil Geschichte!

Nun allerdings zu meinen, die Ansichten zur Selbstbefriedigung hätten sich im 20. Jahrhundert gebessert, ist leider nur teilweise richtig. Zwar erkannten Mediziner, dass Masturbation keine körperlichen Schäden oder Krankheiten verursacht, dafür aber glaubten gerade Psychiater und Psychologen weiterhin, dass Selbstbefriedigung zu Geistesstörungen führen könnte. Dieser Meinung war auch Sigmund Freud. Seiner Ansicht nach könnte Masturbation zu sexuellen Funktionsstörungen wie Impotenz führen oder sogar zu einer generellen Abneigung gegen den Geschlechtsverkehr.

Süße Versuchungen ohne Risiko – Schokolade und Selbstbefriedigung

Bei all diesen schaurigen Berichten ist es kein Wunder, dass einige von uns Frauen erst dreimal zaghaft blinzeln, bevor sie sich trauen, einen Blick in den Spiegel zu werfen und ihre Vagina zu inspizieren. Ebenso wenig ist es verwunderlich, dass einige Frauen das Wort Selbstbefriedigung nur genuschelt über die Lippen bekommen und dabei rot werden. Stellen Sie sich doch einmal vor, es wäre über Jahrhunderte hinweg viel Negatives über Schokolade berichtet worden: dass Schokolade krank macht, dass Schokolade blind macht, dass Schokolade giftig ist. Auch wenn Sie für sich herausfinden würden, dass Schokolade gar nicht übel schmeckt, und Sie auch keine schlechten Begleiterscheinungen feststellen können – das Süße so richtig zu genießen, würde trotzdem schwer fallen. Im Hinterkopf würde die Besorgnis schlummern, dass doch etwas Wahres an den ungeheuerlichen Geschichten dran sein könnte. Ähnlich verhält es sich bei dem Thema Selbstbefriedigung.

Doch die Befürchtungen sind in beiderlei Hinsicht unsinnig: Schokolade macht höchstens dick (Was wiederum weniger an Schokolade an sich liegt, sondern mehr an der Person, die sie gleich tafelweise isst.) und Selbstbefriedigung sorgt lediglich für ein erhitztes Gesicht. Kaum nennenswerte Begleiterscheinung, und darum ist es wichtig, dass vorhandene Barrieren abgebaut werden. Zum Glück tut sich in dieser Hinsicht bereits einiges.

Zaghaft zeigt sich die Gesellschaft dem Thema Masturbation gegenüber offener. So ist zum Glück nicht mehr davon die Rede, dass Selbstbefriedigung körperliche Schäden verursachen könne. Im Gegenteil: Der Mediziner Graham Giles vom *Victoria Cancer Council* in Melbourne befragte mit seinem Team über 1000 Männer mit Prostatakrebs nach ihren sexuellen Gewohnheiten und verglich die Antworten mit denen gesunder Männer. Das Ergebnis war verblüffend: Je öfter ein Mann zwischen dem 20. und 50. Lebensjahr ejakuliert, desto geringer ist die Wahrscheinlichkeit, dass er an Prostatakrebs erkrankt. Die Forscher errechneten weiter, dass regelmäßiges Masturbieren das Risiko von Prostatakrebs um bis zu einem Drittel verringern kann.

Auch wenn sich diese Forschungsarbeit nur auf Männer bezieht, kommt sie auch uns Frauen zugute. Denn zu Zeiten von Kellogg und Co wäre ein derartiges Ergebnis undenkbar gewesen, heute aber wird Selbstbefriedigung nicht pauschal verteufelt. Die Menschen werden toleranter, nehmen sich dem Thema an, sind neugierig, wollen mehr darüber wissen und teilen sich mit. Selbstbewusst trällert zum Beispiel das amerikanische Pop-Idol Britney Spears einen Song über Masturbation ins Mikro, und wie selbstverständlich gehören Dildos und Vibratoren in TV-Serien wie *Sex and the City* zum Solosexleben dazu.

Hoffnung ist also berechtigt, und bestätigt wird der Trend von einer Studie der Universität Bonn: Insgesamt 108 Frauen und 83 Männer wurden 1998 zu ihren sexuellen Erfahrungen und Ansichten befragt. Laut der Psychologinnen Annette Boeger und Caroline Mantey sagten etwa 86 Prozent der Frauen, dass sie gelegentlich masturbierten. Zum Vergleich: In den 80er Jahren waren es 75 Prozent und in den 60er Jahren gar nur 50 Prozent.

Hartnäckig halten sich allerdings trotz positiver Entwicklungen auch in unserer heutigen Gesellschaft noch einige absurde Meinungen. Daher ist es höchste Zeit, sich den gängigsten Vorurteilen anzunehmen und sie aus dem Weg zu räumen.

Nur Singlefrauen masturbieren!

Aber hallo, wenn das so wäre, würde ich mein Leben lang nur Single sein wollen. Liiert müsste ich ja sonst auf eine der schönsten Nebensachen der Welt verzichten. Im Ernst: Wenn nur Singlefrauen masturbieren, würde das umgekehrt bedeuten: Wer einen Partner hat, lässt die Finger von sich.

Doch Sie wissen wohl genauso gut wie ich, dass dies Unsinn ist. Für viele Frauen, wenn nicht sogar für die meisten, wird sich die Häufigkeit, mit der sie masturbieren, nicht grundlegend vermindern, wenn sie einen Partner haben. Manche Frauen befriedigen sich in einer Partnerschaft sogar öfter als zuvor. Durch die Beziehung fühlen sie sich noch erotischer, und dadurch wird auch der Wunsch nach sexuellem Vergnügen und einem Orgasmus größer. Gerade in der Anfangszeit frischer Verliebtheit ist dies oft der Fall: Der letzte Sex liegt erst wenige Stunden zurück, der Partner hat sich verabschiedet und die Frau würde am liebsten schon wieder mit ihm schlafen. Natürlich gilt diese sexuelle Sehnsucht nicht ausschließlich für die ersten Tage und Wochen – in den meisten Beziehungen gibt es immer wieder Zeiten, in denen der Partner nicht da ist, wenn die Frau sich gerade nach ihm sehnt. Dann heißt es: Es sich selbst schön machen und dabei liebevoll an den Partner denken.

Zudem – und auch das lehnt sich widerspenstig auf gegen die Behauptung, Nicht-Singles hatten keinen Solosex – haben die

Partner häufig verschiedene sexuelle Bedürfnisse und Erwartungen. In diesem Zusammenhang kann es sehr wichtig sein, die eigenen Bedürfnisse beispielsweise in Form von Fantasien bei der Selbstbefriedigung auszuleben. Auf diese Weise lassen sich sogar mögliche Frustrationen abbauen. Und bitte, auf keinen Fall sollte folgendes Vorurteil vom Selfsex abhalten.

Wer masturbiert, geht seinem Partner fremd!
Wirklich? Oder sollte ein Mann nicht eher froh sein, wenn es sich seine Frau selbst besorgt und dabei an den Bäcker von nebenan denkt. Was wäre, wenn sie nicht nur an den Typen denken, sondern ihn sich ins Bett holen würde? Dann wäre sie untreu. Bei der Selbstbefriedigung einmal an einen anderen Menschen zu denken – das ist völlig normal. Welche sexuellen Fantasien es gibt und wie es dazu kommt, wird ab Seite 64 eingehend erklärt.

Der umgekehrte Fall gilt natürlich auch. Die meisten Männer würden im Übrigen lügen, wenn sie behaupten, beim Masturbieren nicht mal an eine andere Frau zu denken.

Masturbation ist nur ein minderwertiger Ersatz für Sex!
Wer nicht weiß, wie er es sich auf eigene Faust schön machen kann, der wird Masturbation sicher für einen minderwertigen Sexersatz halten. Doch eine Frau, die ihren Körper kennt, die weiß, was sie erregt, wird eine derartige Behauptung weit von sich weisen. Auch wenn Selbstbefriedigung oftmals mit dem Partnersex verglichen und diesbezüglich abgewogen wird – Masturbation ist vor allem eine eigenständige Form des Sex. Sie kann mit dem Partner erlebt werden, hierzu später mehr, kann aber auch wunderbar für sich alleine stehen.

Masturbierende Frauen sind dauergeile Schlampen

Natürlich, Frauen wollen weniger Sex als Männer, Frauen haben weniger Lust auf Sex als Männer und Frauen denken auch gar nicht so häufig an Sex wie Männer! Und deswegen sind Frauen natürlich auch sexuell weniger aktiv als Männer! Und wenn sie dann mal masturbieren, was sich Männer wie selbstverständlich zubilligen, dann sind diese Frauen geile Schlampen oder Nymphomaninnen, die nicht genug bekommen können.

Dieses Vorurteil passt doch prima in das veraltete Rollenschema. Leider wird es in unserer Gesellschaft hier und da immer noch für bare Münze genommen.

Masturbation verdirbt die Lust auf Partnersex

Stopp! Nach allerhand unsinnigen Behauptungen könnte dies doch einmal ein Vorurteil sein, das stimmt. Oder? Einmal alleine auf erotischen Pfaden gewandelt, hat eine Frau vielleicht wirklich keine Lust mehr, sich den Wünschen des Partners zu beugen und dabei womöglich auf die Befriedigung der eigenen Bedürfnisse verzichten zu müssen. Warum dies in Kauf nehmen, wenn es doch anders geht? Na, liebe Leserin, überlegen Sie noch? Wahrscheinlich aber werden Sie zu dem Entschluss kommen, dass diese letzte Behauptung ebenfalls keinen Wahrheitsgehalt besitzt. Masturbieren ist schön, es tut (fast) jede und es ist eine wunderbare Form des Sex. Und um auch Folgendes klarzustellen: Selbstbefriedigung kann mitunter die Lust auf Partnersex erst noch erwachen lassen beziehungsweise steigern.

Die Reise übers und ins liebe Ich – denn Leidenschaft und Lust sind keine Frage der Kilos

Ich bin zu dick! Mein Busen ist zu klein! Mein Bauch ist schwabbelig! Ich habe ein Doppelkinn! An meinen Oberschenkeln breitet sich Cellulite aus! Meine Beine haben Krampfadern – und so weiter und so fort.

Liebe Geschlechtsgenossinnen, hören Sie auf, sich zu grämen! Auch wenn das eine oder andere Erwähnte auf Sie zutreffen sollte, vergessen Sie es! Über Jahre hinweg, zumeist von Zeitschriftberichten und Fernsehsendungen geschürt, haben sich angebliche Ideale in Ihrem Kopf festgesetzt, die in den meisten Momenten wirklich unwichtig sind. Überlegen Sie einmal: Hindert ein kleiner Busen an guter Selbstbefriedigung? Stört ein Doppelkinn bei der Stimulation der Klitoris? Mindert Cellulite die Orgasmusfähigkeit? Nein!

Gönnen Sie Ihrem strapazierten Gehirn eine Ruhepause, und starten Sie zu einer erholsamen Entdeckungsreise in und über Ihren Körper. Jede von uns hat ihre ganz eigenen erogenen Zonen. Vielleicht sind es die Ohrläppchen, vielleicht ist es der Hals, vielleicht die Innenseiten der Oberschenkel, vielleicht sind es auch die Brustwarzen – auf jeden Fall ist es ein Grauen, wenn all diese sensiblen und leicht erregbaren Körperregionen zu wenig Beachtung finden, nur weil sich die Besitzerin mit ihren angeblichen Problemzonen befasst. Kurzum, es ist an der Zeit, dass Sie sich und Ihren Körper einmal genauer unter die Lupe nehmen.

Kommen wir zunächst zu Ihren Fingern, meine Damen, genauer gesagt zu den Fingerkuppen. Die sind für die folgende Expedition ganz besonders wichtig. Mit ihnen können Sie den Körper erforschen und bisher ungeahnte Gefühle auslösen. Der Grund dafür ist unsere Haut. Sie ist mit Millionen von Nervenenden versehen, die dem Gehirn jede noch so leichte Berührung melden. Ein centgroßes Stück Haut enthält zum Beispiel etwa 50 solcher Rezeptoren. Unsere Lippen, Zunge, Genitalien, Brustwarzen und Fingerspitzen sogar noch mehr. Wird die Haut gestreichelt oder geküsst, werden diese Nervenenden stimuliert.

Probieren Sie es aus! Machen Sie es sich bequem, streifen Sie Ihre Kleidung ab, legen Sie sich am besten auf den Rücken und fangen Sie damit an, sich zu streicheln. Nehmen Sie sich ruhig etwas Zeit und wandern Sie nicht sofort mit Ihren Fingern Richtung Klitoris. Es gibt auch andere Stellen, sprich: erogene Zonen, die für sexuelles Verlangen sorgen und das Erleben einer erotischen Solonummer steigern …

Das Gesicht

Schließen Sie die Augen und berühren Sie sanft mit beiden Handflächen Ihre Wangen. Streicheln Sie Ihr Gesicht, umspielen Sie Ihre Lippen, bevor Sie sich dann ganz Ihrem Mund hingeben. Er ist als primäre erogene Zone besonders empfindsam und mit etlichen Tastsinneszellen ausgestattet. Bereits bei leichtesten Berührungen reagieren die Sinneszellen und leiten ihre Eindrücke über Nervenbahnen zum Gehirn. Ein Wohlgefühl ist vorprogrammiert. Saugen Sie an Ihren Fingern, lecken und küssen Sie Ihre Finger, lassen Sie Ihre Zunge sanft in den

Handinnenflächen kreisen und massieren Sie mit den Kuppen die Lippen.

»Horchen Sie dabei auch in sich hinein«, rät die Berliner Psychologin Dr. Monika Thurke. »Gibt es Momente, in denen Sie ein wohliges Kribbeln überkommt? Welche Berührungen steigern Ihre Lust? Was tut Ihnen gut? Antworten auf solche Fragen führen zu einer bewussten Körperwahrnehmung.« Gerade Frauen, die dem eigenen Körper eher skeptisch gegenüberstehen, können auf diese Weise ein gesundes Verhältnis zu sich selbst aufbauen. Sie erfahren sich als erotisches und erregbares Wesen mit individuellen Wünschen, die sie selbst zu befriedigen wissen. Nicht selten steigert dieses Erleben das Selbstbewusstsein, was wiederum auch den partnerschaftlichen Sex erfüllter macht.

Weiter geht es mit der erotischen Entdeckungsreise …

Befeuchten Sie Ihre Finger und streicheln Sie an Ihrem Hals entlang. Fühlen Sie sanft das Schlüsselbein und gleiten Sie am Dekolletee hinab zu Ihrem Busen.

Der Busen

Vorab: Der Erregungserfolg beim Berühren von Brust und Brustwarzen ist von Frau zu Frau völlig verschieden. Manche Frauen können bei der richtigen Stimulierung ihrer Brüste sogar zum Höhepunkt kommen. Sie lieben es, ihre Brustwarzen mit dem feuchten Finger zu liebkosen und den Busen, je nach Lust und Laune, mal sanft, mal kräftiger zu massieren. Andere Frauen aber werden durch das Streicheln ihrer Brustwarzen nicht erregt, empfinden es sogar als unangenehm, wenn der Partner ihren Busen streichelt. Dies kann zum Beispiel daran liegen, dass die Frau ihren eigenen Busen nicht schön findet.

Sollten Sie, liebe Leserin, zu Letzteren gehören, probieren Sie es einmal alleine aus: Streicheln Sie Ihren Busen, massieren Sie ihn sanft. Lassen Sie die Finger um Ihre Brustwarzen kreisen, langsam oder schnell, so wie Sie es mögen. Und falls sich die Brustwarzen nicht gleich verhärten und aufrichten oder Sie nicht sofort ein wohliges Gefühl überkommt, verzagen Sie nicht. Setzen Sie sich nicht unter Druck, sondern gönnen Sie sich Ruhe, streicheln Sie weiter. Wenn Sie dann dennoch feststellen, dass die Stimulation des Busens Sie nicht erregt, ist das eben so. Wohlbefinden kann nicht erzwungen werden. Und nur weil in der erotischen Literatur und in etlichen Filmen viele Frauen wie auf Knopfdruck lustvoll aufjauchzen, wenn jemand ihren Busen berührt, heißt das noch lange nicht, dass alle Frauen auf dieselbe Weise empfinden. Bei Ihnen ist es eben anders. Dafür haben Sie andere sensible erogene Zonen, die es wert sind, entdeckt zu werden.

»Und diese Körperstellen sollte eine Frau selbst entdecken und/oder kennen«, sagt die Psychologin Dr. Monika Thurke und fügt hinzu: »Natürlich kann die beste Freundin erzählen, dass es für sie am schönsten ist, wenn man ihr den Hals küsst oder sie sich selbst die Handflächen leckt. Dies heißt aber nicht, dass es einen selbst auch zwingend erregt. Dafür sind wir alle in unseren Wünschen und Gefühlen zu individuell.«

Also, schnell weiterforschen und streicheln, um sich buchstäblich in der eigenen Haut wohl zu fühlen …

Der Po

Fahren Sie mit den Händen entlang der Taille, umspielen Sie auch sanft oder intensiver die Region rund um den Bauchnabel. Sehr erregend kann es dabei sein, wenn Sie den Oberkörper leicht nach oben bäumen. Sollten Sie auf dem Rücken liegen, fahren Sie mit den Händen unter den Po und kneten Sie ihn, je nach individueller Lust sanft oder kräftig. Vielleicht mögen Sie es auch gerne, sich etwas zu kneifen – testen Sie es einfach aus!

Noch besser klappt es allerdings, wenn Sie sich auf die Seite rollen und von der Taille über die Hüfte hinab zum Po streichen. Scheuen Sie sich nicht davor, mit den Fingern das Steißbein entlang bis hinunter zwischen die Pobacken zu gleiten. Die Analregion wird häufig unterschätzt. Dabei ist sie eine feinnervige erogene Zone, die bei Stimulation oft äußerst lustempfindlich reagiert und wohliges Kribbeln auslöst. Spüren Sie also selbst, was Ihnen wie und wo gefällt. Und denken Sie dran: Bloß keine Hemmungen!

Die Oberschenkel

Vom Po aus ist es jetzt nicht mehr weit bis zu den Innenseiten der Oberschenkel. Hier ist die Haut weicher und reagiert auf sanfte Berührungen sehr sensibel. Probieren Sie es aus: Streichen Sie mit den Fingerspitzen die Innenseite entlang bis hinauf zur Vagina und über den Venushügel. Lassen Sie die Finger kreisen, üben Sie auch ruhig abwechselnd einmal leichten, dann festeren Druck aus. Kneten Sie die Haut sanft, kräftig, wie es Ihnen gefällt und gut tut. Erregend wirkt dabei oftmals, wenn Sie die Oberschenkel aneinander pressen und sich so mit den Fingern zu Vagina und Venushügel vorkämpfen müssen. Auf diese erotischen Spielereien werde ich ab Seite 91 noch genauer eingehen. Also bitte noch etwas Geduld ...

Die Vagina und Klitoris

Streicheln Sie sich! Schließlich haben wir uns jetzt der Körperregion genähert, die diversen Umfragen zufolge für 88 Prozent der Frauen als besonders erogene Zone gilt.

Die Klitoris reagiert am empfindlichsten auf Berührungen. Sie ist das einzige menschliche Organ, das nur der Lust dient. Besonders schön daran ist, dass Sie, meine Damen, es selbst in der Hand haben, sich gekonnt zu stimulieren. Schalten Sie das Denken ab und geben Sie sich Ihrer Fantasie hin. Gleiten Sie mit Ihrer Hand zwischen die äußeren und inneren Schamlippen, streichen Sie hoch und runter und spüren Sie, wie Sie langsam feucht werden. Tiefer in das Thema einsteigen werde ich ab Seite 142, dort finden Sie auch Tipps zum genauen Wie, Wann und Wo. Auf alle Fälle sollten Sie sich jedoch nicht nur auf die Klitoris konzentrieren. Gerade der sensible Bereich zwischen Vagina und Anus wird beispielsweise oftmals außer Acht gelassen. Dabei gibt es Grund genug, ihn zu erforschen: Vielleicht gehört diese Stelle auch zu Ihren erogenen Zonen.

Zusätzlich zu diesen zumeist bekannten primären erogenen Zonen hat jede Frau sekundäre erogene Zonen. Werden diese ganz eigenen verborgenen Stellen berührt, durchfährt ein angenehmes Zucken den Körper. Welche Körperbereiche eine sekundäre erogene Zone bilden, hängt oftmals von mentalen oder emotionalen Assoziationen ab. Es kann sich also zum Beispiel um Körperstellen handeln, die in einer früheren Beziehung oder auch in der Fantasie eine große Rolle spielten.

Lassen Sie sich fallen, schließen Sie die Augen, leben Sie in Erinnerungen und Fantasien, fahren Sie mit den Fingern über Ihren Körper, spüren Sie die aufkommende Sinnlichkeit. Nehmen Sie sich viel Zeit und entdecken Sie Ihre verborgenen, besonderen Luststellen.

Übrigens: Es gibt keine Garantie für Erregung! Neben der allgemeinen Verfassung hängt die Reaktion auf einen körperlichen Reiz vor allem auch von der Situation und Stimmung ab. Es kann also sein, dass an einem Tag das Streicheln des Busens Sie bereits zum Höhepunkt führt. Am nächsten Tag aber bleibt der Orgasmus trotz gleicher Stimulation aus.

Bleibt trotz Stimulierung die gewünschte Erregung aus, verzweifeln Sie nicht. Vielleicht sind Sie zu müde, vielleicht ist Stress der Grund oder es drückt etwas unterbewusst auf Ihre Seele und verhindert die nötige Entspannung. In solchen Momenten können Sie sich zumeist noch so intensiv streicheln und massieren, trotzdem bleibt der gewünschte Erfolg aus. Wichtig ist in diesen Situationen, dass Sie sich nicht selbst abschreiben. Es gibt keinen Grund, sich Vorwürfe zu machen oder als Versagerin zu fühlen.

Wie Sie sich eine gemütliche, erotische Atmosphäre schaffen und lernen, sich zu entspannen und abzuschalten, erfahren Sie ab Seite 47. Und wenn es dann trotzdem einmal nicht funktionieren sollte – morgen ist ein neuer Tag!

Alle Jahre wieder oder morgens im 24-Stunden-Takt?

Mittags halb zwölf in Deutschland: Sie haben Lust auf einen Sex-Snack? Sie würden es sich gerne selbst schön machen? Warum nicht? Schieben sich andere Menschen zu dieser Zeit ein kleines knuspriges Zwischenfrühstück in den Mund, gehen Sie ruhig Ihren sexuellen Bedürfnissen nach. Denn um eines gleich vorwegzunehmen: Es gibt keinen bestimmten Zeitpunkt, an dem sich die Selbstbefriedigung besonders lohnt. Auch was die Häufigkeit und Dauer von erotischen Handlangereien betrifft, gibt es keine Vorgaben: einmal am Tag, einmal in der Woche, einmal im Monat oder gar nur einmal im Jahr? Fünf Minuten oder gleich eine ganze Stunde? Jede Frau sollte ihren eigenen Vorlieben nachgehen. Nur keine Hemmungen!

Vielleicht macht es Ihre Freundin immer gerne mittwochs, nach dem Sport, so gegen 20 Uhr. Eine andere Freundin besorgt es sich jeden Tag pünktlich zur Soap-Zeit, wenn dieser animierend süße Schauspieler über den Bildschirm tigert. Die Nachbarin macht es gar nicht, sagt sie jedenfalls, und wenn, dann höchstens alle Jahre einmal wieder, weil der Ehemann auf Dienstreise ist.

Die Präferenzen der anderen aber sind völlig unwichtig – zumindest für Sie, liebe Leserin. Wenn Sie das Verlangen nach einem autoerotischen Erlebnis haben, denken Sie bitte nicht an die Gewohnheiten Ihrer Freundinnen, schauen Sie auch nicht auf die Uhr oder auf das Kalenderblatt. Befriedigen Sie lieber Ihre Wünsche.

Allerdings: Trotz dieser wunderbaren Individualität und den vielen Freiheiten kann es gut sein, einiges über bestimmte Tage, Lebensumstände und Zeitpunkte zu wissen …

Guten Morgen, meint zumindest die biologische Uhr

Mal ehrlich: So richtig zum Thema wird die biologische Uhr für die meisten von uns erst ab dem dreißigsten Geburtstag. Wenn sich die Frage nach dem Kinderkriegen nicht mehr lange aufschieben lässt und die Zeiger der Uhr für einige Außenstehende bedrohlich auf fünf vor zwölf zu rücken scheinen. Dann ist die biologische Uhr im Gespräch und es wird viel über sie diskutiert. Schade aber auch, denn die biologische Uhr hat mehr Aufmerksamkeit verdient. Sie steuert uns von Geburt an und sorgt mit dem Wechselspiel der Hormone jeden Tag aufs Neue für die verschiedensten Stimmungen und (Lust-)Gefühle.

Zwischen 6 und 8 Uhr:
Das Bett ist warm und bequem. Schlaftrunken wälzen Sie sich noch einmal genüsslich hin und her, kuscheln sich in die Decke. Wenn Sie gegen Mitternacht und nicht gerade erst gegen vier Uhr in der Früh in die Federn gekommen sind, stoppt jetzt langsam die Produktion des Schlafhormons Melatonin. Nach und nach erwacht der Körper zum Leben: Herzschlag, Blutdruck, Adrenalin- und Östrogenspiegel steigen.

Beste Voraussetzungen fürs morgendliche Masturbieren. Aber lassen Sie sich ruhig noch etwas Zeit; vorausgesetzt, Sie müssen nicht bereits um sieben Uhr beim Job sein. Sollte Letzteres doch der Fall sein, gönnen Sie sich schon jetzt einen befriedigenden Start in den Tag.

Zwischen 8 und 10 Uhr:
Momente im Dämmerzustand – der Körper hat vorgelegt und langsam kommt jetzt auch der Geist in Schwung. Zwischen halb schlafend, halb wach und damit oftmals noch irgendwo im Traumbereich ist es nun eine gute Zeit, um sich den eigenen Wünschen und Fantasien hinzugeben. Denn mit dem erhöhten Östrogenspiegel erwacht bei vielen Frauen zu dieser Zeit die sexuelle Lust.

Wenn also noch etwas Zeit vor dem Aufstehen ist, sagen Sie Ihrem Körper mit sanften Streicheleinheiten »Guten Morgen!«. Genießen Sie das Gefühl der warmen Haut und lassen Sie die Augen dabei geschlossen. Denn besonders schön kann ein sexuelles Soloerlebnis sein, wenn Sie es fast wie in einem Traumzustand wahrnehmen. Die Hände suchen sich fast alleine ihren Weg, ohne von Ihnen bewusst gesteuert zu werden, und der Körper gibt sich wohlig den Liebkosungen hin. Wunderbar! Anschließend noch ein paar Minuten zufrieden dösen, dann aber raus aus den Federn!

Tatort muss übrigens nicht immer das Bett sein. Ein morgendlicher Quickie lohnt sich auch unter der Dusche, am Frühstückstisch, im Auto auf dem Weg zur Arbeit. Was, wie und wo – dazu mehr ab Seite 142.

Zwischen 10 und 12 Uhr:
Viel Zeit, um es sich ausgiebig schön zu machen, werden Sie jetzt wohl kaum haben. Die Arbeit ruft, und das mit Recht! Die Nebennieren schütten Konzentrationshormone aus, Sprach- und Denkfähigkeit sind optimal und etwa gegen elf Uhr erreichen viele von uns ein Leistungshoch. Apropos: Sollten Sie sich nach einem besonders gut gelungenen Job belohnen wollen, pfeifen Sie auf die Kollegen. Es gibt viele Möglichkeiten,

um auch im Büro auf die eigenen Kosten zu kommen. Mehr hierzu ab Seite 147.

Zwischen 14 und 17 Uhr:
Nach dem Mittagessen könnten die meisten von uns ein Nickerchen vertragen. Leider ist das in der Regel nicht möglich: Der Chef will, dass weitergearbeitet wird. Am Nachmittag, etwa gegen 15 Uhr, erleben Körper und Geist ihr zweites Hoch. Der Blutdruck steigt, der Kreislauf kommt mehr und mehr in Schwung. Gegen 17 Uhr ist daher auch die beste Zeit für Muskelaufbau und Ausdauertraining. Was nach den besten Voraussetzungen für ein ausschweifendes sexuelles Selbstvergnügen klingt, wird allerdings oftmals durch die Anwesenheitspflicht beim Job zunichte gemacht.

Zwischen 17 und 21 Uhr:
Schnell noch einkaufen und dann ab nach Hause! Lassen Sie den Jobstress hinter sich und machen Sie es sich schön. Ab 19 Uhr erreichen unsere Sinnesorgane wie Ohren, Augen und Nase ihr Leistungsmaximum und schalten auf doppeltes Genießen um. Warum also nicht noch vor dem Date mit dem tollen Typen, vor dem Theaterbesuch oder dem Treffen mit der besten Freundin eine kleine sexuelle Solonummer dazwischen schieben? Es spricht nichts dagegen. Legen Sie sich zur Entspannung auf das Sofa, vielleicht krabbeln Sie auch unter die Bettdecke oder lassen das Badewasser einlaufen. Genießen Sie die Minuten, die Sie allein sind, und belohnen Sie sich nach einem anstrengenden Arbeitsalltag mit liebevollen Streicheleinheiten.

Zwischen 21 und 24 Uhr:
Falls Sie zu dieser Zeit nicht gerade um die Häuserecken ziehen und sich mit Freunden und Bekannten vergnügen, machen Sie es sich doch einmal wieder vor dem Fernseher gemütlich. Möglicherweise läuft ein guter Spielfilm mit einem knackigen Kerl in der Hauptrolle, oder Sie haben einen Videorecorder beziehungsweise DVD-Player und können das (erregende) Programm des Heimkinos selbst steuern. Alternativ können Sie eine gute CD auflegen und zur Hintergrundmusik die Gedanken schweifen lassen. Doch schnell, denn bereits ab 21 Uhr beginnt die Produktion des Schlafhormons Melatonin und der Blutdruck sinkt. Ab 23 Uhr schaltet der Organismus einige Stufen runter und die Muskulatur ruht sich aus. Gute Nacht!

Irgendwann danach:
Es ist wieder einmal spät geworden. Sie putzen sich im Bad die Zähne, denken vielleicht noch: Jetzt habe ich mir etwas Schönes verdient, legen sich ins Bett und schlafen in der nächsten Sekunde ein. Kein Wunder: Der Körper ist müde und schüttet weiter Melatonin aus. Stoffwechsel und Kreislauf stehen bereits auf Sparflamme. Später, gegen 3 Uhr, gönnt sich der Hormonhaushalt ebenfalls eine Pause.

Mist, dabei hätte ich doch noch so gerne ... mögen Sie dann am nächsten Morgen denken. Doch weil der Wecker auch heute keine Gnade kennt, wird die ersehnte Selbstbefriedigung verschoben. Vielleicht auf den kommenden Abend, dann auf den nächsten, dann auf den übernächsten ...

Schnell kann so eine ganze Woche der ungewollten Enthaltsamkeit vergehen und Sie werden immer frustrierter. Schade, schade! Denn das muss nicht sein. Hören Sie lieber auf Ihre innere Uhr und denken Sie daran: Was du dir jetzt kannst besorgen, verschiebe nicht auf morgen!

Übrigens: Die aufgelisteten Zeitangaben gelten für den Großteil der Menschen. Ausgeprägte Morgenmuffel addieren zwei Stunden dazu, Frühaufsteher können vom zeitlichen Rhythmus eine Stunde abziehen.

Stundenlanges Dauerstreicheln oder Drei-Minuten-Quickie?

Nehmen wir einmal an, Ihr bevorzugter Ort für Solosex sind die Umkleidekabinen großer Modehäuser. Sicher ist es weniger die hocherotische Atmosphäre der kargen Wände und einsamen Kleiderhaken, die den Kick ausmacht. Vielmehr geht es darum, zwar versteckt, aber doch in der Öffentlichkeit die sexuellen Fantasien auszuleben. Falls Sie nicht für lange Warteschlangen und unnötigen Gesprächsstoff sorgen wollen, werden Sie diesen Spaß wohl kaum auf mehrere Stunden ausweiten, oder? So prickelnd sind Umkleidekabinen nicht und große Spiegel gibt es auch zu kaufen. Etwas anderes ist es allerdings, wenn Sie es sich zu Hause schön machen und das komplette Programm genussvoll auffahren: Baden, eincremen, romantische Musik, Kerzenlicht und sich selbst ganz hingeben.

Worauf ich hinauswill: Wie lange Sie sich der Selbstbefriedigung widmen, hängt oftmals a) von der Umgebung ab und b) von Ihrer Lust und Erregbarkeit. Denn genauso, wie es die Tage gibt, an denen Sie minutenlang an sich herumspielen können und doch keinen Orgasmus haben, gibt es auch die Tage, an denen Sie bereits beim Aufschließen der Haustür scharf auf sich selbst sind, daher Hand anlegen und schon nach einer Minute zum Höhepunkt kommen. Daher wäre es ein Fehler, sich beim Masturbieren ein Zeitlimit zu setzen. Der auf diese Weise aufgebaute Druck würde dem genussvollen Ausleben der Gefühle schaden. Wenn alles nach nur einer Minute vorbei sein sollte, freuen Sie sich einfach über Ihren Höhepunkt. Sie haben ihn sich verdient!

Masturbieren während der Menstruation

Erinnern wir uns noch einmal an die biologische Uhr und was wir bereits über sie erfahren haben: Danke schön, verehrte biologische Uhr, dass du unseren Tagesablauf so gut managst. Allerdings gibt es auch einige Tage, die sich viele von uns Frauen gerne sparen würden und an denen wir diese Uhr regelrecht verteufeln. Kopfschmerzen, Heißhunger auf Süßes, aufgeblähter Bauch, Stimmungsschwankungen mit Depressionen und dann natürlich das ganze Blut. Ich will gar nicht darum herumreden, Sie wissen selbst, worüber ich hier schreibe. Ich meine natürlich die Menstruation. Fakt allerdings bleibt bei all den oftmals nachteiligen Begleiterscheinungen: Zahlreiche von uns Frauen sind kurz vor, während und kurz nach den Regelblutungen ziemlich scharf und erregt. Grund hierfür ist das Hormon Testosteron, das in diesen Tagen vermehrt im weiblichen Körper gebildet wird.

Es ist ein Für und Wider. Einige Frauen stört das eigene Blut, und sie lassen während der Regel lieber die Finger von sich, auch wenn Sie eigentlich ganz wild auf Solosex sind.

Tipp: Wenn Sie allein durch klitorale Reizung zum Orgasmus kommen, können Sie den Tampon drinlassen und alles bleibt sauber. Oder Sie verwöhnen sich gleich mit und unter der Dusche, wo keine Gefahr besteht, dass die Bettlaken etwas abbekommen. Auf alle Fälle haben Sie bitte Mitleid mit sich selbst und befriedigen Sie Ihr Verlangen. Zudem kann der Solosex unter Umständen die Schmerzen leidiger Unterleibskrämpfe ein wenig lindern.

Masturbieren während der Schwangerschaft

Die ersten Wochen einer Schwangerschaft erleben einige Frauen als den totalen Horror: Permanentes Unwohlsein inklusive Erbrechen. Die Toilettenschüssel wird zum ständigen Gegenüber. Es ist sehr verständlich, dass dies verdammt anstrengend sein kann und an Selbstbefriedigung nicht zu denken ist.

Aber zum Glück steigt oftmals im zweiten Schwangerschaftsdrittel das sexuelle Verlangen der Frau. Ein wesentlicher Grund dafür ist die stärkere Durchblutung der Genitalien, womit auch das Anschwellen der Scheide und des Dammbereichs zusammenhängt. Zudem wächst der Busen und nicht selten wirkt der Körper durch die ausgeprägteren Rundungen noch weiblicher.

Zahlreiche Frauen empfinden dies als starke sexuelle Stimulation und es spricht nichts dagegen, diese Lustgefühle zu befriedigen.

Haben Sie, liebe Leserin, keine Hemmungen, während der Schwangerschaft Ihre sexuellen Bedürfnisse auszuleben, und wundern Sie sich nicht, wenn Sie sich häufiger als zuvor befriedigen. Besonders dann, wenn Ihr Partner der Meinung sein sollte, Sex in der Schwangerschaft könne dem Baby schaden, ist die Masturbation eine gute Möglichkeit, um sich zu entspannen und als sexuell existierendes Wesen zu fühlen. Keine Angst: Selbstbefriedigung ist während der Schwangerschaft relativ unbedenklich! Da sie für eine gute Durchblutung der Gebärmutter und des Beckengewebes sorgt und auch der Damm dadurch elastischer wird, ist sie sogar empfehlenswert. Nur bei vorzeitigen Wehen oder Blutungen ist von den Selbstfreuden abzuraten.

Sonst aber gilt: Wenn Sie als werdende Mutter Glückshormone ausstoßen, wirkt sich dieses Wohlsein auch auf das Baby aus. Und ein zufriedenes Kind möchte schließlich jede Mutter in spe, oder? Also, gönnen Sie sich öfter mal etwas Gutes.

Kein Grund zur Sorge: Pausen sind normal

Wie oft Sie sich selbst befriedigen, kann von Monat zu Monat verschieden sein. Masturbieren Sie in einem Monat vielleicht mehrmals täglich, können manchmal zahlreiche Wochen vergehen, in denen Sie keine Lust verspüren. Ursachen dafür sind häufig Krankheiten, Stress im Job, Probleme in der Partnerschaft, Meinungsverschiedenheiten mit einer guten Freundin oder den Eltern, Geldsorgen, Trauer oder auch die Unzufriedenheit über das eigene Aussehen. Gehen wir einigen Dingen doch einmal genauer auf den Grund.

Krankheiten:
Heftig verschnupft und von Hustenanfällen geschüttelt, möglicherweise von ernsthafteren Sorgen, wie einem bevorstehenden OP-Termin, geplagt, kommt nur schwer die Lust nach Sex auf. Aber Sie wissen selbst, dass Krankheiten kommen und gehen. Also nicht verzweifeln, wenn ein gemeiner Grippeanfall Sie in Sachen Selbstbefriedigung für einige Tage lahm legt. Ku-

rieren Sie sich gut aus, um anschließend wieder fit für lustvolle Einzel-Schandtaten zu sein.

Stress im Job:
Statt sich sexuellen Fantasien hinzugeben, ranken sich Ihre Gedanken vielleicht um eine Auseinandersetzung mit einem Kollegen oder dem Chef, um ein verpatztes Meeting, um die Papierberge, die nicht weniger werden, oder es ist die generelle Angst, den Arbeitsplatz zu verlieren.

Zwar ist es verständlich und auch notwendig, dass Sie darüber nachdenken, aber Sie sollten den Ärger nicht mit in die eigene Wohnung tragen. Versuchen Sie, in den eigenen vier Wänden abzuschalten. Nach Arbeitsende können Sie an dem Geschehenen sowieso nichts mehr ändern. Sie können sich nur für den nächsten Arbeitstag gut vorbereiten. Und auch hierfür ist die Selbstbefriedigung ein probates Mittel. Probieren Sie, mit legitimen Ablenkungsmanövern, wie ein leckeres Essen, schöne Musik, ein gutes Buch oder was auch immer, auf andere Gedanken zu kommen und verwöhnen Sie sich. Befriedigt und sich selbst nah, lassen sich viele Dinge im Alltag einfacher meistern.

Probleme in der Partnerschaft:
Gerade dann, wenn Sie es sich so richtig schön machen wollen, drängt sich das Bild Ihres Partners auf. Der macht momentan Stress, nervt, immer wieder gibt es Streitereien, in der Beziehung kriselt es. In solchen Zeiten ist es häufig leichter gesagt als getan, abzuschalten und an etwas anderes zu denken. Doch sollten Sie es wenigstens versuchen. Denn wenn Sie mit sich selbst im Reinen sind und zumindest in puncto Selbstbefriedigung sexuell auf Ihre Kosten kommen, treten Sie automatisch

auch als selbstbewusste, ausgeglichene und zudem attraktive Partnerin auf. Das macht liebenswert.

Kleiner Tipp: Wenn sich das Bild Ihres Partners beim Masturbieren immer wieder aufdrängt, wehren Sie sich nicht dagegen, sondern lassen Sie ihn in Ihrer Fantasie das tun und so sein, wie Sie es sich wünschen.

Trauer:
Der Verlust geliebter Mitmenschen, wie zum Beispiel der Großeltern, Eltern oder einer Freundin, aber auch der Verlust eines Haustiers wirft viele Menschen komplett aus der geordneten Lebensbahn. Spaß und Vergnügen rücken in weite Ferne. Zu nah und bestimmend ist die Trauer. Sich mit ihr auseinander zu setzen und sie zu bewältigen, dafür sollten Sie sich Zeit nehmen.

»Gerade in Krisensituationen, wie eben nach dem Verlust eines Mitmenschen oder bei zu starker Belastung im Jobleben, ist es allerdings wichtig«, so die Berliner Psychologin Dr. Monika Thurke, »sich selbst nicht unter Druck zu setzen und zu Dingen zu zwingen. Es würde alles nur verkrampft und mechanisch sein. Womöglich hat eine Frau in solchen Lebensphasen bei der Selbstbefriedigung auch nicht wie sonst gewohnt einen Orgasmus und zweifelt nur noch mehr an ihrer ganzen Situation.«

Nehmen Sie, liebe Leserin, sich dann lieber eine Auszeit. Die Lust wird von ganz alleine zurückkommen …

Unzufriedenheit mit der eigenen Figur:
Es ist kurz nach Weihnachten und das Festessen hat seine Spuren am Körper hinterlassen. Oder die bereits erwähnten Tage vor den Tagen sorgten für Heißhunger und auch für zwei Kilogramm mehr Gewicht. Vielleicht stört auch ein Pickel, eine

neue Falte im Gesicht und die gesamte Welt droht unterzugehen. Sie sind unzufrieden mit Ihrem Äußeren. Sie finden sich so unattraktiv, dass Sie sich selbst nicht anfassen möchten.

Aber hallo? Ist denn da noch jemand im Oberstübchen? Wenn es sich um ein oder zwei Tage, auch ein oder zwei Wochen der autoerotischen Enthaltsamkeit handelt – akzeptiert, nicht weiter schlimm. Sollten Sie aber die Figurprobleme dauerhaft von erregenden Fingerspielereien abhalten – nicht akzeptiert. Wie bereits an anderer Stelle in diesem Buch ausführlich erwähnt, möchte ich noch einmal darauf aufmerksam machen, dass gerade die Selbstbefriedigung in solchen Situationen ein hervorragender Weg sein kann, um sich selbst mehr lieben zu lernen und als sexuell erregbare Frau wahrzunehmen. Und einmal ehrlich, durch einen Pickel im Gesicht wird die Klitoris nicht unempfindlicher ...

Einige müssen nur manchmal, andere können immer:
Es wäre verlorene Liebesmüh, manche Frauen von den schönen Dingen des Lebens zu überzeugen, denn sie wollen einfach nicht verstehen. So sei abschließend in diesem Kapitel noch etwas zum Thema *können* und *müssen* gesagt. Vielleicht haben Sie, liebe Leserin, bereits die Bekanntschaft mit einer Frau gemacht, die stolz verkündet: »Ich muss nicht so oft masturbieren, höchstens einmal im Monat.« Ein klassischer Fall von Frau, die ihre Gefühle kontrollieren will und die Masturbation für eine Notlösung hält. Selbstbefriedigung wird von solchen Damen häufig als eine Ersatzhandlung angesehen. Als letzten Ausweg, wenn es wirklich gar nicht anders geht. Pech für diese Frauen, dass sie so denken. Ein Stück Freude bleibt bei dieser Einstellung automatisch auf der Strecke.

Frauen dagegen, die sich selbst lieben und bei der Selbstbefriedigung wohl fühlen, würden nicht dem einen Tag im Monat entgegenfiebern, wenn sie sich viel häufiger befriedigen möchten. Sie machen es öfter und können daher selbstbewusst behaupten: »Ich weiß, was ich mag. Ich kann mich befriedigen, wann ich will!«

Es bleibt eigentlich nur zu hoffen, dass besagte Damen, die nur einmal im Monat *müssen*, es insgeheim doch öfter tun *können* und darüber nur nicht reden wollen. Denn dürfen tut es jede Frau allemal – ohne Zeitlimit, ohne Vorgabe eines bestimmten Zeitpunkts und bitte ohne kontrolliert eine Liste über die Häufigkeit zu führen.

Je nach Lust und Laune: lohnende Vorbereitungen und sinnliche Vorspiele

Vergessen Sie die Kilokalorien und seien Sie ehrlich. Wenn Sie hungrig sind, würden Sie doch auch lieber ein ganzes Hähnchen essen als nur ein halbes, oder? Und Sie, verehrte Vegetarierinnen, würden doch auch eher den großen Salat bestellen als nur die Kinderportion, nicht wahr? Also: Wenn die sexuelle Lust Sie überkommt, machen Sie es sich nicht einfach schön, sondern machen Sie es sich richtig schön! Seien Sie gierig und gönnen Sie sich mehr …

Das Zauberwörtchen heißt Wohlfühlambiente. Eine stimmungsvolle Atmosphäre ist Voraussetzung dafür, dass Sie vollends entspannen, genießen und schließlich Ihren erotischen Soloakt regelrecht zelebrieren können. Nehmen Sie sich Zeit, verwöhnen Sie Ihren Körper und Ihren Geist mit verheißungsvollen Streicheleinheiten, und kosten Sie das Erwachen der Lust aus.

Möglicherweise schütteln Sie bei dem einen oder anderen Vorschlag, den ich Ihnen nachfolgend machen werde, gleich den Kopf. Vielleicht sind Sie aber auch neugierig darauf, Neues auszuprobieren, und lassen sich auf ein erotisches Rahmenprogramm ein …

Nachher ist es zu spät! Wenn Sie sich in Position gebracht haben und Ihre Finger genau wissen, was zu tun ist, sollte Sie nichts und niemand mehr stören können. Ist die erotische Stimmung erst einmal geplatzt, kann die Selbstbefriedigung schnell als unbefriedigende, verkrampfte Rubbelaktion enden. Daher: Treffen Sie zuvor einige wichtige Maßnahmen! Zumeist sind nur kleine Vorbereitungen nötig, die sich wirklich lohnen und nicht viel Zeit in Anspruch nehmen.

Telefon abstellen!
Nichts ist nerviger, als im Hintergrund einen penetranten Dauerklingelton zu hören. Stellen Sie das Telefon lieber auf lautlos. Sie werden sich sonst nur ärgern, wenn Sie nach längerem Hinhören doch den Hörer abheben – es könnte ja etwas Wichtiges sein – und vom anderen Ende der Leitung zu hören ist: »Oh, da habe ich mich wohl verwählt!« Achten Sie auch darauf, dass der Anrufbeantworter leise gestellt ist. Es kann jede erotische Stimmung zunichte machen, wenn die eigene Mutter meint, lautstark und über mehrere Minuten das Käsekuchen-Rezept durchgeben zu müssen.

Handy ausmachen!
Auch wenn es mittlerweile etliche Varianten von Klingeltönen gibt, zum Beispiel Kuschelrock- oder Klassiksound, dieser immer noch gebliebene leicht elektronische Bimmelsound von Handys ist ein absoluter Erotikkiller, der durch Mark und Bein geht. Bevor Ihre Finger also mitten im Geschehen vor Schreck ersteifen, gönnen Sie Ihrem Mobiltelefon eine Auszeit.

Es sei denn, Ihr heiß geliebter Vibrator hat den Geist aufgegeben. Dann kann das Handy ein mittelguter Ersatz sein. Stellen Sie es auf Vibration, rufen Sie sich übers Festnetz selbst an und starten Sie zur Zweckentfremdung des Handtelefons.

Klingel blockieren!
Ein Ei fehlt, vielleicht ist es auch der Zucker, der Wagen springt nicht an oder die Nachbarin möchte mit Ihnen über die ständig voll gestopften Mülltonnen plaudern. Da die lieben Nachbarn kaum wissen können, wann Sie es sich selbst besorgen, werden sie keine Rücksicht nehmen und an der Tür klingeln. Damit derartig unerwarteter Besuch Sie nicht kurz vor dem Höhepunkt unsanft ausbremst, sorgen Sie vor: Legen Sie Ihre Klingelanlage lahm!

Vorhänge zuziehen!
Spanner gibt es immer und überall. Das Tückische an ihnen ist, dass man sie nicht sieht. Aber was meinen Sie, wie viele Menschen nichts Besseres zu tun haben, als sich hinter der Gardine zu verstecken und Leute zu beobachten. Schließlich bekommen sie auf diese Weise Gesprächsstoff, der dann beim allwöchentlichen Kaffeeklatsch ausgetauscht wird. Falls Sie also keinen Wert auf ungebetene Zaungäste legen, die Ihnen gierig und geil beim Masturbieren zuschauen, ziehen Sie die Vorhänge zu.

Außer: Sie wollen beobachtet werden. Dann bleiben die Vorhänge natürlich zurückgezogen und am besten öffnen Sie auch noch die Fenster – dann können nicht nur alle sehen, sondern auch hören, wie Sie es sich besorgen.

Ende des Schleudergangs abwarten!
Der Boden bebt, das Geräusch wird immer lauter. Während Sie es sich gerade selbst so richtig schön machen wollen, kommt auch die Waschmaschine voll auf Touren. Sollten Sie zu den Frauen zählen, die schon das leiseste Geräusch irritiert und von den Fingerspielen ablenkt, warten Sie lieber das Ende des Schleudergangs ab.

Es sei denn, Sie sind begeisterte Waschmaschinen-Reiterin! Dann nichts wie rein mit dem Turbogang, aufsitzen und bei 1000 Umdrehungen erregen lassen!

Heizung richtig einstellen!
Nachtspeicherheizungen mögen zwar äußerst praktisch zum Trocknen von Unterhosen, Jeans und anderen Kleidungsstücken sein – aber sie haben auch gehörige Nachteile: Die Temperatur fällt, ein kurzer Klick und dann geht das Gebläse schon los. Ähnlich wie bei einer lauten Waschmaschine muss Sie dies nicht zwingend bei der Selbstbefriedigung stören. Sind Sie aber eine Frau, der das monotone Gebläsegeräusch auch jegliche Lustgefühle wegpustet, stellen Sie lieber vorher die Heizung ein paar Grad runter.

Postboten und Paketbringer umlotsen!
Natürlich sollten Sie wie erwähnt die Türklingel lahm legen. Allerdings gibt es auch Besuch, der wichtig sein könnte. Dazu gehören zum Beispiel Postboten und Paketbringer. Damit Sie also trotzdem nette Überraschungssendungen erhalten, schreiben Sie auf Ihr Klingelschild eine Nachricht wie: *Bitte Post und Pakete bei Frau XY abgeben!* So können Sie sich in Ruhe sich selbst hingeben und sparen sich hinterher den Weg zur Post.

Müll raustragen und Aschenbecher leeren!
Nicht, dass ich Ihnen ein Messi-Dasein unterstellen möchte oder meine, Sie würden nie aufräumen. Doch haben Sie den Müll rausgebracht, die Aschenbecher gesäubert, die Joggingschuhe, getragenen Strümpfe sowie die leeren Bierflaschen aus der Nähe Ihres Sexörtchens entfernt? Tun Sie es lieber, denn es kann jegliche Erregung zunichte machen, wenn Ihnen mitten im lustvollen Treiben plötzlich der Gestank von kalter Asche und abgestandenem Bier in die Nase zieht. Eklig – ganz zu schweigen von den kleinen Fliegen, die sich gerne auf Müllbergen und Obst niederlassen und zwischendurch auch zu einem Rundflug durch die Wohnung starten …

Haustiere wegsperren oder ruhig stellen!
Überzeugte Sodomitinnen mögen jetzt verwundert den Kopf schütteln. Klar, die finden das total Klasse, wenn ihr Köter mit ins Bett springt und sich am eigentlich sexuellen Einzeltreiben beteiligt. Doch ich zumindest bin auf keine weiteren Details scharf und finde derartige Spielchen absolut abtörnend. Ebenso halte ich nicht viel von fiesem Krallengekratze an der Tür und lautstarkem Gemaunze. Daher rate ich zuletzt: Sofern ein Haustier des Kalibers Hund oder Katze vorhanden ist, locken Sie es an einen abgelegenen Platz in Ihrer Wohnung und beglücken Sie es mit einem besonderen Leckerbissen. Die Tiere werden es Ihnen hoffentlich danken, sich ausgiebig mit der Extraportion Futter beschäftigen und Sie in Ruhe lassen.

Wie Sie weitere mögliche Störenfriede, wie beispielsweise Kinder, Partner, Eltern oder WG-Mitbewohner, am besten abwimmeln können, erfahren Sie ab Seite 164.

Und, alles erledigt? Im Grunde sind es Kleinigkeiten, die schnell zur Routine werden und ganz in Ihrem Interesse sein dürften. Stellen Sie sich nur einmal das peinliche Szenario vor: Sie vergessen die Klingel zu blockieren, die Nachbarin bimmelt, macht einen Riesenterz, klopft und ruft, Sie öffnen hastig die Tür und im Hintergrund ist noch das Vibrieren des Vibrators oder das Gestöhne der Pornofilmdarsteller zu hören. Dann folgt ein hochroter Kopf Ihrerseits und mit ihm die Erklärungsnot. Spulen Sie lieber das Pflichtprogramm an Vorbereitungen ab, und widmen Sie sich dann ganz der individuellen und vor allem sehr sinnlichen Vorspiel-Kür.

Aufgetischt: Essen, das Lust auf mehr macht

Wirklich, das gibt es: Sexuelle Lust lässt sich essen! Wenn Sie einen anstrengenden Tag hinter sich haben, ermattet vom Job heimgekommen sind und an den eigentlich entspannenden Solosex nicht zu denken ist – gönnen Sie sich ein anregendes Menü, das Appetit auf mehr macht. Der große Vorteil ist, dass die meisten der aphrodisischen Speisen und Getränke nicht einmal dick machen. Zudem haben sich die Leistungen der Leckereien herumgesprochen und so sind sie zu wahren Klassikern geworden, die sich praktischerweise in (fast) jedem Lebensmittelgeschäft besorgen lassen.

Na, neugierig geworden, liebe Leserin? Kann ich mir denken. Darum will ich auch gar nicht lange um den heißen Brei – solches Essen meine ich natürlich nicht – herumreden, sondern Ihnen gleich den einen oder anderen Gaumengenuss mit aphrodisischer Wirkung vorstellen …

Vorspeise – Erdbeeren, Bananen und Weintrauben

Als appetitliche Scharfmacher gelten Erdbeeren, Bananen und Weintrauben. Dies ergab eine Untersuchung, die vom britischen Obst-Großhändler *Cape* in Auftrag gegeben wurde. Befragt wurden 500 Paare zum Thema *Liebesleben und Fruchtgenuss*. Rund 54 Prozent der Interviewten gaben an, sich attraktiver und erregter zu fühlen, nachdem sie mehr als sonst von genau diesem Obst gegessen hatten.

Das ist eigentlich kein Wunder. Schon allein beim Anblick von Bananen verselbstständigt sich die Fantasie bei vielen von uns Frauen und landet in der erregenden Rubrik Phallusobjekt. Erdbeeren eignen sich dazu, verführerisch an ihnen herumzusaugen, bevor die kleinen Früchtchen ganz im Mund verschwinden.

Sei es drum: Obst kurbelt die Sexgefühle an, ist zudem außerordentlich gesund und bewahrt die Hüften vor unnötigen Fettpölsterchen. So hat eine mittelgroße Banane, 100 bis 150 Gramm, rund 110 Kilokalorien (kcal)/465 Kilojoule (kJ), selbige Menge Erdbeeren kommen auf etwa 40 kcal/170 kJ und die Weintrauben liegen bei 85 kcal/355 kJ. Nur zum Vergleich: Ein Cheeseburger bringt auch um die 120 Gramm auf die Waage, hat aber schon 305 kcal/1270 kJ, und nach dem Verzehr von Fast Food stellt sich oftmals eher ein Völle- statt Lustgefühl ein.

Hauptgang – Hummer, Krabben, Langusten oder Muscheln

Meerestiere und -früchte können ebenfalls auf angenehme Weise den Appetit auf Sex stimulieren. Die in ihnen enthaltenen Mineralien, wie Zink und Eisen, wirken mitunter aphrodisisch. Glaubt man den alten Chinesen, heizen Muscheln die Gebärmutter ordentlich an und sorgen für ein warmes Prickeln im Unterleib. Als Beilage zu den Meeresfrüchten empfiehlt sich Reis oder Salat. Und selbstverständlich ist dieses lustvolle Essen auch leicht: 100 Gramm ausgelöste Miesmuscheln beispielsweise bringen es auf magere 50 kcal/215 kJ, Krabben auf 85 kcal/370 kJ, ausgelöstes Hummerfleisch auf 80 kcal/340 kJ. Ein Schweineschnitzel mit 125 Gramm Rohgewicht dagegen hat bereits 130 kcal/555 kJ.

Dessert – Schokolade

Egal ob als Pudding, Eis oder als Riegel – zum Ausklang des erotischen Menüs sollten Sie sich Schokolade servieren. Die enthält nämlich Phenylethylamin, ein körpereigener Stoff, der uns in verliebte Stimmung versetzt. Doch Vorsicht, bevor Sie ganz in den Liebesrausch geraten, nicht mehr Herrin Ihrer Gefühle sind und sich nach mehrmaliger Wiederholung über die zusätzlichen Pfunde ärgern: Eine Portion Schokoladeneis, etwa 100 Gramm und 138 kcal/584 kJ, sollte ausreichen.

Getränke – Champagner, Sekt oder Wein

Amerikanische und finnische Forscher haben herausgefunden, dass Alkohol nicht nur den Testosterongehalt im Blut erhöht, sondern bei Frauen sogar in deutlich stärkerem Maße als bei Männern. Da das Sexualhormon Testosteron die Lust auf Sex erhöht, kann also ein Gläschen Champagner, Sekt oder Wein erregend wirken. Allerdings ist der Genuss von Alkohol so eine Sache: Trinken Sie zu viel, werden Sie müde, trinken Sie noch mehr, sind Sie betrunken. Bevor Sie nicht nur die Standfestigkeit Ihrer Beine verlieren – sich hinzulegen kann ja durchaus noch von Vorteil sein –, sondern Ihnen zudem die Kraft in den Fingern schwindet, steigen Sie um auf Nicht-Alkoholika.

Übrigens halte ich es für einen Irrglauben, dass es keinen Spaß macht, für sich alleine zu kochen. Im Gegenteil: Sie müssen nicht auf die Geschmäcker anderer achten und unterliegen auch nicht dem Zeitdruck, das Essen pünktlich für die Gäste auf den Tisch zu stellen. Sie können sich vielmehr alle Zeit der Welt nehmen, das Zubereiten der Speisen regelrecht zelebrieren, den Tisch schön dekorieren, sich Kerzen anzünden und romantische Musik auflegen. Sehen Sie es als Vorspiel an, das Sie einstimmt auf das erotische Folgende …

Eingeatmet: Düfte, die die Sinne betören

Es war vor einigen Tagen. Ich hatte noch den Geschmack von Spaghetti Pesto im Mund, dachte an das Gespräch über Job und Kinderkriegen, das ich wenige Minuten zuvor in der Mittagspause mit einer Kollegin geführt hatte, als ich plötzlich gedanklich in ein ganz anderes Abenteuer rutschte. Schuld daran war der Typ, der sich zu uns in den Fahrstuhl drängelte. Auf den ersten Blick ein unscheinbarer Kerl: so um die 180 Zentimeter groß, schwarze Hose, Hemd, Jeansjacke. Nicht eines näheren Blickes wert, und darum starrte ich wie immer auf die Türfront. Doch binnen weniger Sekunden konnte ich mich schon nicht mehr entspannen. Schuld daran war der angenehme Duft, der den Fahrstuhl erfüllte. Verstohlen schaute ich zur Seite. Mein Gott, was roch dieser Typ gut, und ich glaubte ihn zu kennen. Mit meinen Gedanken war ich plötzlich im Jahr 1988, auf einer Gruppen-Jugendreise mitten in Spanien und bei Sven. Ich war total verliebt, Sven und ich hatten oberscharfen Sex und wie Sie, liebe Leserin, sich vielleicht schon denken können: Sven roch genauso wie der Typ im Fahrstuhl. »Äh, Sie wollten in den fünften Stock?«, fragte mich eben dieser, und mit ziemlich weichen Knien verließ ich den Fahrstuhl. Irgendwo in meinem Unterleib kribbelte es verdächtig und meine Finger hätten lieber etwas anderes gemacht, als für meinen Chef eine Geschichte zu tippen. Abends auf dem Heimweg schaute ich dann in einer Parfümerie vorbei, erzählte der Verkäuferin etwas von »Moschus und Zimt – na ja, vielleicht«, schnüffelte dann an wohl 15 Papierstreifen, die die Dame besprühte, bevor ich den Sven-und-Fahrstuhl-Typ-Duft gefunden hatte. Zu Hause sprayte ich damit ein T-Shirt ein, legte mich aufs Sofa, befriedigte das Kribbeln in meinem Unterleib und dachte dabei abwechselnd an Sven und die Fahrstuhlbegegnung.

Vielleicht kennen Sie solche Geschichten ebenfalls: Sie gehen durchs Kaufhaus und Ihnen kommt plötzlich ein Duft unter die Nase, der Sie erregt und Ihre Fantasie anregt. Neben Ihnen in der Bahn sitzt ein unbekannter Mann mit einem derart erregenden Eau de Toilette, dass Sie den Typen am liebsten gleich anspringen würden. Sie betreten eine Wohnung, in der es so anregend riecht, dass Sie sich am liebsten gleich alleine oder mit irgendjemandem ins Schlafzimmer verziehen würden.

Düfte und deren stimulierende Wirkung sind nicht zu unterschätzen, und so gibt es viele Geschäfte, die in kleinen Fläschchen ätherische Öle anbieten.

Nachfolgend habe ich einige Aromen aufgelistet, denen nachgesagt wird, entspannend und ausgleichend zu wirken – eine wichtige Voraussetzung für die Selbstbefriedigung. Auch gibt es Essenzen, durch die sexuelle Lust aufkommen kann.

Aromen mit ausgleichender und entspannender Wirkung:
Anis, Citronella, Eichenmoos, Fenchelsamen, Galbanum, Ho-

nigwachs, Kamille, Lavendel, Melisse, Muskatellersalbei, Petitgrain, Schafgarbe, Tagetes, Zedernholz.

Aromen mit sinnlicher, erotisierender Wirkung:
Cananga, Cassia, Cistrose, Geranium, Ingwer, Jasmin, Koriander, Magnolienblüte, Muskatellersalbei, Patchouli, Pfeffer, Rose, Sandelholz, Vetiver, Ylang-Ylang, Zimt.

Je nach gewünschter Intensität träufeln Sie zwischen ein und fünf Tropfen auf eine Duftlampe. Falls Sie keine Duftlampe besitzen, können Sie ein wenig Öl auf ein Papiertaschentuch tropfen lassen und dieses auf die Heizung legen.

Hinzu muss gesagt werden, dass jede Nase und die dazugehörigen Geruchsnerven anders reagieren. Eine Garantie für die erotisierende Wirkung gibt es deshalb nicht. Probieren Sie die verschiedenen Düfte einfach für sich aus. Viele Essenzen gibt es auch in Form von Duftkerzen, -kissen oder Raumspray. Einige der Aromen eignen sich als Badezusatz oder Massageöl. Und genau dazu kommen wir jetzt.

Abgetaucht: baden in überschwappender Erotik

Der Job stresst und Sie suchen nach Entspannung? Machen Sie sich frei – und das im wahrsten Sinne. Legen Sie Ihre Kleidung ab, zünden Sie im Bad einige Kerzen an, gießen Sie sich ein Glas Sekt ein, legen Sie entspannende Musik auf und lassen Sie das Badewasser ein. Wenn Sie dann in das angenehm warme Badewasser, die ideale Temperatur liegt bei 35 bis 36 Grad Celsius, steigen, können Sie einen Teil der Sorgen einfach abspülen. Verwöhnen Sie Ihre Haut mit zartem Badeschaum und sanften Streicheleinheiten durch den Badeschwamm. Schließen Sie die Augen und lassen Sie Ihren Körper lieber 15 bis 20 Minuten im Wasser treiben – schwerelos und leicht. Vergessen Sie dabei aber nicht Ihr limbisches System. Dies ist sozusagen die Steuerzentrale der Gefühle im Gehirn, dort erwacht auch die sexuelle Lust. Damit dieses System ordentlich etwas zu tun bekommt, nehmen Sie aromatische Badezusätze, beispielsweise ätherische Öle, und betören so Ihre Geruchsnerven. Die Düfte gelangen durch die Nase direkt ins limbische System und lassen den Erregungspegel ansteigen.

Liebe Nicht-Besitzerinnen von Badewannen, sondern stolze Inhaberinnen einer Dusche: Ich habe Sie nicht vergessen. Auch Sie sollten das Gefühl von perlendem Wasser auf Ihrer Haut genießen. Zudem gibt es duftende Duschgels, die die Sinne anregen und stimulierende Accessoires wie Massagehandschuhe, Peeling-Schwämme oder Body-Roller.

Als erotisierendes Nachspiel cremen Sie sich mit einer sanften Lotion oder Körpermilch ein. Aber bitte nicht in der Zackzack-Manier. Massieren Sie die Creme sanft in Ihre Haut, bis sie ganz eingezogen ist.

Als Appetizer für die folgenden intimeren Streicheleinheiten, sollten Sie Ihrem Körper eine Massage mit sinnlich wirkendem Öl gönnen. Hierfür werden 50 Milliliter Jojobaöl (oder süßes Mandelöl) mit zwei Tropfen Jasminöl, zwei Tropfen Rosenöl und einem Tropfen Ylang-Ylang-Öl vermischt. Um die Mixtur leicht anzuwärmen, verreiben Sie sie zuvor in Ihren Händen. Tipp: Wenn Sie das Öl in einem braunen Glasfläschchen an einem dunklen Ort aufbewahren, bleibt es für mehrere Monate haltbar.

Von mir aus denken Sie gleich an billige Schmuddelheftchen mit viel nackter Haut – wenn es Sie erregt, wunderbar, und sicher zählen sie auch auf die eine oder andere Weise zum Bereich der erotischen Literatur. Auch die kleinen Liebesromane mit so bekannten Frauenvornamen wie Julia fallen in diese Kategorie. Letztlich ist dies alles Futter für erotische Fantasien, und darum geht es. Tauchen Sie ein in die Geschichten und malen Sie sich zu den Worten passende, lustvolle Bilder aus. Machen Sie sich beispielsweise selbst zur Hauptdarstellerin des Romans, die vom Titelhelden verführt wird. Erleben Sie in Gedanken die Berührungen auf Ihrer Haut, spüren Sie die Erregung, die wohligen, lustvollen Schauer und haben Sie Sex. Wenn Sie mehr die Bilderbuchvariante für Erwachsene bevorzugen, ergötzen Sie sich an den Fotos und/oder Zeichnungen und studieren Sie die Details.

Ich werde mich allerdings hüten, ein Ranking der besten erotischen Bücher aufzustellen. Nachher trifft es nicht Ihren Geschmack und Sie wollen von mir Ihr Geld zurück. Klar gibt es Klassiker wie die Originalgeschichten *Tausendundeine Nacht* – sehr erotisch und fast nicht jugendfrei. Auch Romane wie zum Beispiel *Salz auf unserer Haut* von Benoîte Groult oder *Der Vorleser* von Bernhard Schlink sollten in (fast) jedem Buchregal stehen. Aber da bekanntermaßen Gucken zum Glück nichts kostet, stöbern Sie in einer Buchhandlung oder fragen bei Freundinnen nach.

So schön und erregend das Lesen sein kann, es hat auch einen Haken: Es ist nicht unbedingt bequem, beispielsweise im Bett zu liegen, heiße Geschichten zu lesen, sich intensiv zu streicheln und dabei darauf zu achten, dass die Seiten auch ja nicht umblättern. Das grenzt doch eher an Masochismus als an Masturbation, oder?

Erotische Literatur eignet sich besser als Appetizer. Sie können sie zur Hand nehmen, wenn Sie es sich in der Badewanne gemütlich machen oder in der Bahn auf dem Weg nach Hause sind und sich einstimmen wollen. Dafür sind Bücher natürlich hervorragend geeignet. Wollen Sie gleich zur Tat schreiten, ein kleiner Tipp: Hörbücher. Man spart sich das Umblättern und hat trotzdem gute Geschichten als Futter für die Fantasie.

Zugehört: erotischer Lauschangriff auf die Ohren

Erzählen Sie mal Ihrer Mutter, dass Sie es sich gerne zu der Musik von Robbie Williams besorgen. Die Dame wird den Mann wahrscheinlich kennen, aber nicht unbedingt die Begeisterung für seine Musik teilen. Genauso wird es Ihnen ergehen, wenn Sie Ihre Eltern besuchen, das Gedudel von Heino hören und nichts ahnend Ihre Mutter bei einem erotischen Alleingang erwischen. Wie kann man es sich nur zu so einem Singsang schön machen?, werden Sie sich fragen. Fakt ist: Die eine macht es zu Robbie, die andere zu Heino, wiederum einige schwören auf Phil mit Nachnamen Collins, und keine macht es falsch. Denn gerade in Sachen Musik sind die Geschmäcker furchtbar verschieden. Deshalb werde ich es nicht wagen, Ihnen an dieser Stelle eine Top Five der Selbstbefriedigungs-Songs zu liefern.

Selbstverständlich gibt es wunderbare Klassiker aus der Klassik, wie zum Beispiel *Bolero* von Ravel (fast 14 Minuten lang), Neueres, wie die Aufnahme des legendären *The Köln Concert* von Keith Jarrett, bereits komplett und speziell zum

Träumen zusammengemixte Kuschel-CDs sowie natürlich die ganz soliden Auftritte von Schmusebarden, wie beispielsweise Phil Collins, Julio Iglesias, Eros Ramazzotti und Sasha. Alternativ zu Letzteren, wenn Sie auf Frauenstimmen stehen: Celine Dion, Sade, Tori Amos und so weiter.

Allein mit der Aufzählung aller möglichen Namen von Künstlern, zu deren Musik es sich gut masturbieren lässt, könnte ich ein ganzes Buch füllen. Denn mal wieder hängt es ganz von den individuellen Bedürfnissen ab. Vielleicht kommen Sie, liebe Leserin, ja auch besonders gut bei voll aufgedrehten Heavy-Metal-Klängen auf Touren. Vielleicht aber ist auch genau das Gegenteil der Fall und Sie brauchen absolute Stille – keine CD, keine Kassette, kein Radio.

Probieren Sie aus, was Ihnen gefällt, und falls Sie noch auf der Suche nach dem passenden Verwöhnprogramm für Ihre Ohren sind, stöbern Sie in einem Musikladen und lassen Sie sich beraten. Aber erzählen Sie dem Verkäufer nicht, dass Sie einen Sound zur Untermalung der erotischen Selbstversorgung suchen. Der gute Mann könnte es als Anmache sehen und Sie womöglich vom Einzeltreiben abhalten wollen. Ist nicht!

Angeschaut: Verführung via Flimmerkiste

Streikt die Stereoanlage, kann auch der Fernseher zum Stimmungsmacher in puncto Erotik werden. Inwiefern Sie sich einen wilden Pornofilm von der Sorte *Nackte Cowboys in hohen Stiefeln – Teil IV* reinziehen, sich lieber einen Schmachtschinken aus der Hollywood-Schmiede anschauen oder einen Erotikthriller, bleibt Ihrem Geschmack überlassen. Sie wissen selbst am besten, was Sie in Fahrt kommen lässt.

Falls Sie noch unschlüssig sind, fragen Sie sich, was Sie reizt, erregt und wem Sie gerne einmal zuschauen würden:

- einem Pärchen beim Sex
- einer Horde von Männchen und Weibchen, lustvoll vereint
- einem geilen Männerduo
- einem scharfen Frauengespann
- einem Typen, der mit sich selbst und seinem liebsten Stück beschäftigt ist
- einer Frau, die gerade das tut, was Sie ebenfalls vorhaben
- einem Typen, von Frauen zum Sex gezwungen
- einer Frau, von Männern zum Sex gezwungen
- einem wilden Treiben auf der Alm, in der Wüste, im Urwald, auf hoher See und so weiter und so fort

All diese Szenarien gibt es auf Videokassetten und DVDs im Sexshop oder bei kostenpflichtigen Privatsendern.

Übrigens müssen erregende Filme nicht unbedingt etwas mit Sex zu tun haben. Zahlreiche Frauen verspüren bereits ein wohliges Kribbeln in der Magengegend sowie ein paar Zentimeter tiefer, sobald Sie nur ihren Lieblingsschauspieler sehen. Natürlich steht dieser Mann im Idealfall nackt unter der Dusche oder wälzt sich im Bett herum. Doch auch wenn er in einer Filmszene nur ein paar Brötchen beim Bäcker kauft oder den Tankrüssel in sein Auto hält – der Rest des Films läuft im Kopfkino der Zuschauerin ab.

In diesem Sinne: Machen Sie, liebe Leserin, es sich vor dem Fernseher gemütlich, trinken Sie ein Gläschen Sekt dazu, knabbern Sie ein paar Salzstangen, und lassen Sie sich von dem Dargebotenen stimulieren. Ausreichend animiert, können Sie die Flimmerkiste natürlich ausschalten, oder Sie lassen sie an. Hauptsache, Sie schalten auf den erotischen Handbetrieb um!

Viel habe ich nun über lohnende Vorbereitungen und sinnliche Vorspiele erzählt. Bevor Sie nun zum Hauptvergnügen starten, noch einige abschließende Tipps:

Wenn Sie ein Lieblingslied haben, zu dem Sie es sich gerne selbst besorgen – drücken Sie die Repeat-Taste. So haben Sie länger etwas von dem Vergnügen.

Wenn Sie einen anregenden Badezusatz oder ein entsprechendes Duschgel gefunden haben – kaufen Sie eine Flasche auf Vorrat. Es wäre doch zu schade, wenn Sie sich verwöhnen wollen, die Tube leer ist und es keinen Nachschub im Haus gibt.

Wenn Sie einen erotischen Fotoband haben, der Sie erregt – lassen Sie ihn nicht offen liegen. Verstecken Sie ihn vor neugierigen Blicken. So sparen Sie sich nervige Fragen.

Wenn Sie auf heiße Pornofilme stehen und mit einem anderen Menschen zusammenwohnen – nehmen Sie den Film aus dem Video- oder DVD-Player. Auch in diesem Fall sparen Sie sich neugierige Nachfragen.

Wenn Sie Kerzen in Ihrer Wohnung anzünden und dazu tendieren, nach der Selbstbefriedigung schnell einzuschlafen – pusten Sie die Kerzen vorher aus. Die erotische Selbstversorgung sollte das einzig wirklich brennendheiße Erlebnis sein …

Wie wär's? Sex mit George Clooney, dem süßen Nachbarn oder mit beiden?

Wer darf es denn heute als Lover sein? Der scharfe Postbote mit dem unverschämt charmanten Grinsen? Oder vielleicht lieber der Freund der besten Freundin, der mit dem süßen knackigen Po? Vielleicht aber auch der attraktive Chef aus der Firma oder der von allen Frauen so begehrte Hollywood-Schauspieler? Überlegen Sie es sich und klären Sie dazu die Frage, wo das heiße Treiben stattfinden soll: unter der Dusche, im Auto, im Bett, vor dem Kaminfeuer oder möglicherweise im Fahrstuhl? Schön wäre es doch auch im Freien, dort wo andere Menschen einen erwischen können. In der Fantasie ist alles möglich, kein Mann ist vergeben, kein Ort ist besetzt, kein Sportschlitten zu teuer, keine Südseeinsel zu weit entfernt.

Wunderbar, diese Auswahl! Diese absolute Freiheit ist auch eine der reizvollsten Seiten am Sex mit sich selbst. Nichts ist unmöglich! Das Einzige, was Sie, liebe Leserin, zur Erfüllung Ihrer Wünsche benötigen, ist Ihre Fantasie. Also, weitermachen mit den prickelnden Sadomaso-Spielen, mit den heißen Sexorgien in der Kirche und/oder dem wilden Treiben auf dem Büroschreibtisch. Alles und jedes, was einer Frau in den Sinn kommt, ist als sexuelle Fantasie erlaubt. Schließlich ist das doch der große Vorteil des anregenden Kopfkinos: Kein anderer weiß etwas davon, und es gibt auch keine Freiwillige Selbstkontrolle (FSK), die möglicherweise über jugendfrei oder nicht jugendfrei entscheidet.

Apropos: War es nicht früher schon so, als wir noch klein und unerfahren waren, dass uns natürlich die Filme, die erst ab 18 Jahre freigegeben waren, am meisten interessierten?

In diesem Sinne: Wenn Sie Ihre fantastischen Ausschweifungen für pervers oder unerlaubt halten sollten, fangen Sie bitte nicht an, sie zu zensieren. Mit Ihren Vorstellungen und Wünschen müssen Sie nur einer Person gerecht werden – und das sind Sie selbst. Wenn Sie also das, was Sie denken, sexuell erregt, gibt es dagegen nichts einzuwenden. Und glauben Sie bitte nicht, Sie seien verrückt, nur weil Sie es gedanklich gerne einmal mit dem Freund Ihrer besten Freundin treiben, Sie sich vergewaltigen oder es sich von mehreren Herren gleichzeitig besorgen lassen. Solche Fantasien sind ganz normal und auch nicht gefährlich. Gedanken über ein illegales, anrüchiges oder perverses Treiben bedeuten noch lange nicht, dass man sie auch im realen Leben zwingend ausführen will. Oder werden Menschen zu Mördern, nur weil sie gerne Krimis lesen? Nein.

Fantasien lassen sich kaum kontrollieren und so sucht sich kein Mensch seine Sexfantasien bewusst aus. Vielmehr werden unsere anregenden Gedanken geprägt von Alltagseindrücken, Erfahrungen, Wünschen und Hoffnungen. Sicherlich gibt es auch altersbedingte Vorstellungen, wie zum Beispiel als Teenager mit dem Lehrer zu verkehren, die einige Jahre später weniger erregend wirken. Und es gibt Tagträume, wie zum Beispiel der Sex mit dem Chef, die durch einen Jobwechsel neu hinzukommen können. Sexfantasien kommen und gehen also, einige bleiben länger, andere sind vielleicht nur einmal erregend. Tun Sie sich den Gefallen und verdrängen Sie Ihre Vorstellungen nicht, sondern nehmen Sie sie als ein Teil von Ihnen an.

Ihre Gedanken gehören Ihnen und keiner muss davon erfahren. So haben auch viele Frauen zu Unrecht das Gefühl, ihrem Partner untreu zu sein, wenn sie bei der Masturbation oder auch beim Sex mit dem Partner an einen ganz anderen Menschen denken. Zur Beruhigung des Gewissens sei gesagt, dass auch der Partner seine ganz eigenen sexuellen Fantasien hat, bei denen Sie ebenfalls eher selten die Hauptrolle spielen. Statt dies aber persönlich zu nehmen, gehen Sie lieber weiter gedanklich fremd und machen Sie es sich selbst schön.

Im Folgenden möchte ich Ihnen gerne ein paar fantastische Beispiele geben. Dafür habe ich mich bei meinen Freundinnen erkundigt und ihnen die eine oder andere Fantasie entlocken können. Sehen sie es als Gedächtnisstütze, als Aufklärung oder aber auch als Beweis dafür, dass Sie, meine Damen, mit etlichen anderen weiblichen Wesen auf einer Wellenlänge liegen.

Freuden in aller Freundschaft

Namen nenne ich keine, ansonsten könnte es wirklich Ärger geben. Denn wenn ich ehrlich bin, würde ich zu gerne einmal mit dem Freund meiner Freundin schlafen. Er ist so sexy, besonders seine durchtrainierten Arme mit den dicken Adern machen mich an. Nein, er ist kein Bodybuilder. Aber er hat eine sportliche Figur. Wenn ich masturbiere – übrigens meistens im Bett vor dem Einschlafen –, stelle ich mir daher oft vor, wie wir es zusammen treiben. Ich male mir aus, wie er bei mir klingelt, weil er denkt, dass meine und seine Freundin da ist. Ich komme gerade aus der Badewanne, ziehe mir schnell einen Bademantel über und öffne die Tür. Klingt nach Kitschroman, oder?

Egal, ich mag das. Jedenfalls löst sich der Mantelgürtel und ich stehe plötzlich nackt vor ihm. Er schaut schnell weg, ist verlegen – genau das macht mich an. Ich frage: »Bin ich etwa so hässlich?«, lächle verführerisch und dann sind wir bei der Sache. Wir machen es auf dem Sofa, auf dem Küchentisch und auf dem Boden. Er nimmt mich hart, ist total wild, so dass ich ihn richtig bremsen muss. Na ja, mehr möchte ich aber nicht erzählen. Irgendwie schäme ich mich auch für diese Gedanken. Das ist doch nicht okay, oder?

(Jasmin, 29, Werbekauffrau)

Jasmins Sorgen sind unberechtigt. In der Welt der erotischen Fantasien gibt es kein Mein-und-dein-Denken. Alles ist möglich, jeder Mann ist zu haben und somit selbstverständlich auch der Partner der besten Freundin. Wie ist es wohl, mit ihm zu schlafen? Wie sieht er nackt aus? Wie macht er sich als Liebhaber? Welche Stellung findet er besonders reizvoll? Über diese Fragen denkt jede vierte Frau gerne nach – so ergab es die 2001 weltweit durchgeführte Umfrage des Kondomherstellers *Durex*. Demnach fantasieren 25 Prozent der Frauen durchaus über Sex mit dem Partner der besten Freundin.

Dabei ist es zumeist egal, ob dieser Mann nun wirklich gut aussieht oder nicht. Vielmehr geht es häufig um ein unterbewusstes Konkurrenzdenken und die Frage, ob man es dem Typen nicht besser besorgen könnte, als es die geschätzte Freundin tut. Außerdem ist der Mann in Wirklichkeit natürlich absolutes Tabu, was für die Fantasie das gefundene Fressen ist.

Sollten Sie, liebe Leserin, jetzt entrüstet den Kopf schütteln und solche Gedanken weit von sich weisen – akzeptiert, aber nicht unbedingt geglaubt. Auch wenn Sie es sich vielleicht sogar selbst nicht eingestehen wollen, sollten Sie wissen: Sie sind frei von Schuld. Sie müssen sich Ihrer Freundin gegenüber nicht mies fühlen, denn wie zuvor schon erwähnt, können Sie Ihre Vorstellungen nur bedingt steuern.

Also: Wenn Sie sich das nächste Mal selbst befriedigen und der Partner Ihrer Freundin drängt sich in Gedanken auf – lassen Sie ihn gewähren. Haben Sie Sex mit dem Guten, küssen Sie ihn, lassen Sie sich verwöhnen, machen Sie einfach das, was sie wollen. Ihrer Freundin sollten Sie trotz allem besser nichts davon erzählen. Die könnte womöglich misstrauisch werden, wenig verständnisvoll meinen, Sie hätten tatsächlich ein Auge auf ihren Begleiter geworfen und Ihnen entrüstet die Freundschaft kündigen. Auch dann, wenn die Gute sich manchmal Sex mit *Ihrem* Partner vorstellen sollte. Aber das würde sie wohl kaum zugeben.

Welcome to Hollywood

Schon früher, so mit 13/14 Jahren, hatte ich meine ersten Sexfantasien mit prominenten Männern. Damals war es Pierce Brosnan, der in der Serie *Remington Steele* mitspielte und später die Rolle des James Bond übernahm. Heute ist es vor allem George Clooney. Den finde ich wahnsinnig männlich. Ich weiß, dass er in Wirklichkeit für mich unerreichbar ist. Dafür geht es in meinen Gedanken richtig ab. Wir sehen uns zum ersten Mal auf einer Feier. Der Anlass und die anderen Gäste auf der Party sind total egal. Ich bin da und habe ein irre sexy Kleid an, schwarz, mit hohem Bein- und tiefem Rückenausschnitt, mit einem tiefen Dekolletee, unter dem sich meine Brustwarzen deutlich abzeichnen. George ist von total vielen Frauen umringt, ich stehe ein paar Meter entfernt. Plötzlich schaut er auf und sieht mich. Er starrt quasi zu mir herüber. Ich gebe mich schüchtern und leicht desinteressiert, was seinen Jagdinstinkt weckt. Um es abzukürzen: Er kommt zu mir, lächelt und flüstert mir ins Ohr, dass er mich aufregend findet. Er erzählt etwas von seinem Haus und dann geht alles ganz schnell. In der nächsten Szene – das ist mir übrigens bei Fantasien aufgefallen: sie sind oftmals nicht zwingend logisch – sind wir schon in seinem Haus. Er küsst mir den Hals, knabbert an meinem Ohrläppchen und streicht mit seiner Hand an meinem Oberschenkel entlang. Er streift mir die Träger meines Kleids ab und streichelt meine Brüste. In der Realität, also wenn ich mich selbst befriedige und mir das so mit George vorstelle, liege ich mit geschlossenen Augen auf dem Sofa oder im Bett und streichle meinen Körper. Wie auch immer: Ich öffne seine Hose und mir drängt sich seine Erektion entgegen. George fasst mir unters Kleid und zieht meinen Slip herunter. Na ja, und was dann folgt, kann sich jeder denken, und ich behalte die weiteren Details auch lieber für mich. Auf alle Fälle finde ich Stars sehr erotisch. Es erregt mich, mir vorzustellen, dass ich die Frau bin, die einem so bekannten Menschen den Kopf verdreht.

(Anja, 34, Grafikerin)

Meine Freundin Anja ist nicht die Einzige, die es in ihrer Fantasie mit einem Prominenten treibt und dabei selbst – dank manuellem Einsatz – voll und ganz auf ihre Kosten kommt. Bekannte männliche Schauspieler, Sportler, Models, Moderatoren oder Musiker haben es ziemlich gut. Nicht nur, dass die Typen zumeist einen Haufen Geld verdienen und ihnen sowieso schon die Damenwelt zu Füßen liegt – auch in den erotischen Fantasien der Frauen spielen diese Herren immer wieder die Hauptrolle. Denn mit einem Prominenten Sex zu haben, davon träumen sage und schreibe über 60 Prozent der Frauen. Dies ergaben diverse Studien, darunter auch die 2001 weltweit durchgeführte Umfrage des Kondom-Herstellers *Durex*.

Es ist ja auch verständlich: Da ist ein Mann, der (fast) jede Frau haben kann, und die, die ihn bekommt, wird von den anderen neidvoll zur Siegerin erkoren. Als solche fühlt sich natürlich jede gerne, da es mächtig das Ego poliert. Apropos Ego: Ein ebenso gerne durchdachtes Sexspiel ist für viele Frauen, selbst ein Star zu sein – reich, erfolgreich und umschwärmt von allen Männern. Ein Fingerschnippen langt aus und allerhand gut gebaute Typen lassen gleich reihenweise die Hosen fallen.

Klingt doch nicht schlecht, oder? Und genau darum sollten Sie, liebe Leserin, sich ruhig dieser Fantasie hingeben und sich dabei selbst verwöhnen. Schließen Sie die Augen und reisen Sie in Gedanken nach Hollywood. Quartieren Sie sich im angesagtesten Nobelhotel in einer Suite ein, baden Sie im dazugehörigen Whirlpool, schlürfen Sie Champagner und genießen Sie in Gedanken die sanften Streicheleinheiten von Clooney und Co. Wälzen Sie sich mit den schärfsten Typen nackt auf dem Seidenlaken, treiben Sie es in der Stretchlimousine oder stellen Sie sich vor, wie Sie mit Ihrem Lieblingsstar ein paar entspannte Stunden zu zweit in der Sauna verbringen. Und? Es ist doch gar nicht so schwierig, in den Genuss des Glamourlebens zu kommen, stimmt's?

Ein Dankeschön an den großen Unbekannten

Es ist im Kaufhaus. Der Mann steht hinter mir an der Kasse. Ich rieche sein Aftershave und spüre fast schon seinen Atem in meinem Nacken. Irgendjemand schubst ihn von hinten, so dass der Mann richtig an mich gepresst wird. Ich merke, dass der Typ einen Riesenständer in der Hose hat. Ich drehe mich um, schaue ihm in die Augen und brauche nichts zu sagen. Er nimmt mich an die Hand und ich lasse mich von ihm entführen. Komisch, in meiner Fantasie ist dann gleich um die Ecke ein Hotel, in das wir gehen. Schon im Fahrstuhl küssen wir uns leidenschaftlich und der Mann fasst mir zwischen die Beine. Ich kann es kaum erwarten, ihn in mir zu spüren – noch immer haben wir kein einziges Wort miteinander gesprochen. Im Zimmer angekommen, ziehen wir uns aus. Sein Penis ist groß und hart und ich verpasse ihm erst einmal einen gehörigen Blow Job, bis er abspritzt. Dann revanchiert er sich. Er wirft mich aufs Bett und vergräbt sein Gesicht zwischen meinen Schenkeln. Seine Zunge ist schnell, stimuliert meinen Kitzler und – ja, zumeist ist das die gedankliche Szene, bei der ich dann während der Masturbation meinen Orgasmus habe.

(Carmen, 31, Anwältin)

Es kann immer und überall passieren: Morgens in der Bahn oder beim Finanzamt, mittags im Kaufhaus oder auf der Straße, abends in der Bar oder an der Kinokasse. Wie aus dem Nichts taucht plötzlich ein Typ auf, der binnen eines Augenblicks die erotischen Fantasien auf Hochtouren bringt. Vielleicht ist es sein Gang, vielleicht sein Duft, vielleicht seine Stimme, vielleicht seine Kleidung – vor allem aber ist der Mann ein Fremder, und das macht an.

Laut dem *Cora Romance Report 2001* stellen sich 18 Prozent der Frauen immer wieder gerne Sex mit einem Fremden vor. Der Reiz des Fremden ist verständlich, denn fernab des sonstigen sexuellen Alltags kann eine Frau mit ihm auf erotische Entdeckungstour gehen. Der Typ ist ein Unbekannter, der so schnell wieder verschwunden ist, wie er auftauchte. Also keine Verpflichtungen, keine Entschuldigungen, kein Verstecken und auch kein langes Vorspiel. Wie wäre es zum Beispiel mit einem Quickie in der Umkleidekabine? Wie wäre es, sich mit dem Mann in die letzte Sitzreihe des Busses zu verkrümeln, dort seine Hose zu öffnen, selbst den Rock hochzuschieben und dann zur Sache zu kommen? Oder wie wäre es, mit dem Unbekannten einfach für eine Stunde in einem Hotel zu verschwinden?

Zugegeben: Sich im Kaufhaus oder an der Kinokasse diesen Fantasien hinzugeben, macht wenig Spaß. Viel schöner ist es zu Hause auf dem eigenen Sofa und in bequemer Liegelage. Machen Sie, liebe Leserin, es sich gemütlich. Während Sie Ihren Körper streicheln, erinnern Sie sich noch einmal an den Unbekannten und das doch nicht Unmögliche. Leben Sie mit ihm all Ihre sexuellen Vorlieben aus – seien Sie das unartige Mädchen mit den perversen Sexwünschen, seien Sie die brave Jungfer, die sich vom Fremden verführen lässt, oder geben Sie sich als professionelle Edel-Prostituierte aus, die eine Meisterin in Sachen Sex ist. Vergessen Sie einfach das Drumherum und schlüpfen Sie in die Rolle, die Sie schon lange einmal spielen wollten. Sie wissen doch: Die Gedanken sind frei.

Alte Liebe rostet nicht

Vorab will ich sagen, dass ich meinen jetzigen Freund sehr liebe. Ich bin wirklich glücklich mit ihm, deswegen wundert es mich selbst, dass ich beim Sex manchmal an meinen Ex denke. Wir waren zwei Jahre zusammen, dann habe ich Schluss gemacht. Es war nichts Schlimmes passiert, wir passten nur einfach nicht zueinander. Doch gerade wenn ich mich selbst befriedige, was ich gerne in der Badewanne mit dem Duschstrahl oder einfach mit meiner Hand mache, stelle ich mir heiße Sexspiele mit meinem Ex vor. Wir sitzen dann gemeinsam in der Badewanne, seine Hände tauchen ins Wasser und er massiert vorsichtig meine Klitoris. Mit seinem Zeige- und Mittelfinger dringt er in mich ein, mit seinem Daumen stimuliert er weiter meinen Kitzler. Wunderbar! Ich könnte sofort kommen und tue es auch, als ich die Spitze seines steifen Penis an der Wasseroberfläche sehe. Ja, so ist das. Meistens dauert diese Fantasie nicht länger als fünf Minuten, dann hatte ich meinen Orgasmus. Klar, ich habe mich auch schon mal gefragt, warum ich dabei nicht an meinen jetzigen Freund denke. Ich weiß es nicht. Der Sex mit meinem Ex war gut, nicht unbedingt besser als mit meinem aktuellen Freund, aber durchaus abwechslungsreicher.

(Vanessa, 23, BWL-Studentin)

Im wirklichen Leben hat es nicht sollen sein. Doch mit der eigenen Vorstellungskraft kann die Vergangenheit zur Gegenwart werden und somit der Ex wieder hochaktuell sein, zumindest in Gedanken. Der Grund hierfür ist relativ einfach zu finden: Der Körper und das Können des Ex sind bekannt, und so kann die Fantasie die Erinnerungen nutzen, um anregende Bilder zu formen. Vielleicht kannte dieser Mann zudem Stellen Ihres Körpers, an denen Sie besonders erregbar waren. Vielleicht konnte er gut küssen, oder er legte sich beim Vorspiel besonders ins Zeug, vielleicht hatte er auch entscheidende Zentimeter mehr zu bieten als andere Männer. Möglicherweise hat der Typ Sie damals auch sitzen gelassen und Sie wollen ihm zeigen, was für eine heiße Nummer Sie sind.

Wunderbar, die Fantasie bietet beste Gelegenheit dazu. Malen Sie sich aus, wie Sie Ihren Ex nach allen Künsten und mit dem Einsatz Ihrer ganzen Weiblichkeit verführen. Und wie er Sie anfleht, mit ihm zu schlafen. Kosten Sie in Gedanken jede Minute aus und genießen Sie den triumphalen Höhepunkt.

Gegenwehr zwecklos – alles außer Kontrolle

Im Raum sind etwa sechs Männer. Ich liege nackt auf einer Art gynäkologischem Untersuchungsstuhl, meine Beine sind weit gespreizt und an den Fußstützen festgebunden. Die Männer schauen sich bei mir erst alles ganz genau an, einer nach dem anderen. Ich kann nichts anderes tun als daliegen. Die Männer dringen mit ihren Fingern in meine Scheide, kneten meine Brüste und stecken mir ihre Penisse in den Mund. Klingt das alles merkwürdig? Ich weiß auch nicht, warum ich genau bei solchen Gedanken total erregt werde. Die Männer lassen dann jedenfalls einer nach dem anderen die Hosen herunter und dringen in mich ein. Ziemlich heftig und schnell. Während ich mir das alles vorstelle, reibe ich meine Klitoris und komme.

(Kerstin, 30, Erzieherin)

Ich muss sagen, am Anfang staunte ich nicht schlecht, als Kerstin mir ihre Fantasie erzählte. Eigentlich kenne ich sie als liebe, gute Zuhörerin. Freundlich und vom Aussehen her eher ein unscheinbarer Typ. Ich musste wirklich schlucken – die Frau tischte mir da eine ziemlich heiße Geschichte auf.

»Aber nichts Außergewöhnliches«, sagt die Berliner Psychologin Dr. Monika Thurke und erklärt: »Es geht um das Ausgeliefertsein, um Kontrollverlust und/oder das Sich-Hingeben.«

Die genauen Gründe und Ursachen sind zumeist auch der Frau fremd, die in ihren erotischen Fantasien von gewaltsamem Sex träumt. Doch egal, ob es sich zum Beispiel um die Vergewaltigung durch einen Unbekannten handelt, um die sexuelle Erniedrigung als Sexsklavin, um das nackte Zurschaustellen vor einer Männergruppe, fest steht: »Die Fantasie über eine Vergewaltigung ist ein Ausdruck sexuellen Verlangens und nicht ein bewusster Wunsch, vergewaltigt zu werden«, erklärt die Psychologin. »Zwischen Fantasie und tatsächlichen Gewalthandlungen besteht ein großer Unterschied. Und so lange es bei der Fantasie bleibt, ist es auch absolut ungefährlich.«

Trotzdem sollten Sie, liebe Leserin, nicht gleich ihre Freunde und Bekannten mit derartigen Träumen konfrontieren. Es kann zu Missverständnissen kommen, bei denen auch erklärende Worte nicht mehr weiterhelfen. Behalten Sie also lieber Ihre Vorstellungen für sich, und kosten Sie die Szenarien in Gedanken aus.

Im Namen der Herrin

Ich treffe den Typen im Café. Ich finde ihn anziehend, erotisch, und er mich auch. Wir kommen ins Gespräch, ich lade ihn zu mir nach Hause ein. Klar will er mich gleich küssen, doch ich dränge ihn ab. Ich sage ihm, dass er sich ausziehen soll, setze mich auf einen Stuhl und schaue ihm dabei zu. Dann inspiziere ich erst einmal seinen Körper. Er ist gut gebaut und hat bereits einen Ständer. Ich frage ihn, was er will, und selbstverständlich möchte er sofort mit mir schlafen. Ich ziehe meinen Rock hoch, ich trage keinen Slip darunter, und sage, dass ich erst einmal die Qualitäten seiner Zunge testen möchte. Er ist schon total heiß, hebt mich auf den Tisch und kniet sich willig vor mich hin. Als er mich dann leckt, treibt es mich auch in Wirklichkeit zum Orgasmus.

(Christina, 34, Hausfrau und Mutter)

Die einen wünschen sich, die Kontrolle zu verlieren. Andere wollen die Kontrolle über die Situation besitzen. In Fantasien, wie die von Christina, hat die Frau die Fäden in der Hand und kann andere für ihr sexuelles Verlangen benutzen. Der Mann muss tun, was die Frau sagt – ansonsten wird er bestraft, beispielsweise durch Sexentzug. Es muss nicht unbedingt die bekannte, klassische Domina-Sklaven-Idee sein, die sich in Gedanken abspielt. Es können auch Vorstellungen ohne Lack und Leder sein, in denen zum Beispiel die Frau dem Mann schlicht verwehrt zu kommen. Fantasien, in denen die Frau die Positionen und Stellungen bestimmt, dem Mann befiehlt, sie zu massieren oder ihr einen guten Cunnilingus zu bescheren.

Höhepunkte gleich im Doppelpack

Ob ich es wirklich tun würde, wenn sich die Möglichkeit bietet, weiß ich nicht. Aber wenn ich mich selbst befriedige, stelle ich mir oft vor, mit zwei Männern gleichzeitig zu schlafen. Einer der beiden Männer ist immer mein Freund. Der andere ist ein guter Freund von ihm, manchmal auch sein Arbeitskollege oder unser Nachbar, ein ganz netter und attraktiver Typ. Er sagt meinem Freund, wie hübsch ich doch sei und dass er mich ziemlich scharf findet. In Wirklichkeit würde mein Freund ausflippen, wenn ein Mann ihm das erzählen würde. Doch in meiner Fantasie geht er drauf ein und bietet dem anderen sogar an, ihm einmal zu zeigen, wie geil ich bin. Die Männer ziehen mich aus, so dass ich nackt vor ihnen liege. Mein Freund spreizt meine Beine auseinander und beide Männer fangen an, mich mit ihren Händen und Zungen zu stimulieren. Ich werde ziemlich feucht – auch in Wirklichkeit – und die Jungs ziehen ihre Hosen aus. Warum, weiß ich auch nicht, jedenfalls hat in meiner Fantasie immer der andere Typ den kleineren Penis. Er legt sich auf den Rücken und ich lege mich rücklings auf ihn, so dass er von hinten in mich eindringen kann. Mein Freund erregt mich währenddessen weiter mit der Hand, bevor er dann ebenfalls in mich eindringt. Bis zu dieser Stelle habe ich mich in Wirklichkeit selbst mit meinen Fingern oder meinem Dildo so sehr stimuliert, dass ich einen Orgasmus habe und mal wieder total glücklich bin, dass es so etwas Schönes wie Selbstbefriedigung gibt. Ich liebe es, zu masturbieren. Es steht für mich nicht in Konkurrenz zum Sex mit einem Mann und ist auch nicht damit vergleichbar. Es ist einfach der totale Wahnsinn, nur für mich allein.

(Mareile, 29, Architektin)

Psst! Wenn der Partner nicht schon einmal den Wunsch nach einem flotten Dreier geäußert hat oder über ähnliche Fantasien verfügt, sollten Sie, meine Damen, den Traum vom herrschaftlichen Doppelpack lieber für sich behalten. Schnell könnte der Partner sonst von Eifersuchtsgefühlen geplagt werden und meinen, er würde nicht mehr seine männlichen Pflichten erfüllen können. Auch wenn das natürlich Unsinn wäre!

Sich vorzustellen, von zwei Männern gleichzeitig genommen und verwöhnt zu werden, ist nichts Außergewöhnliches. Es ist egal, ob es zwei völlig fremde Männer sind, zwei Arbeitskollegen oder der eigene Partner und noch ein bekannter oder unbekannter Mann dazu. Mit den Männern zu spielen, sie reihenweise um den Verstand zu bringen und gleich von mehreren begehrt zu werden, ist pure Bestätigung für das weibliche Ego.

Daher lautet die Empfehlung: Zurücklehnen und abtauchen in die Fantasiewelt, sich selbst streicheln und stimulieren, in Gedanken den doppelten Genuss erleben, und das Übermaß an Männlichkeit genießen! Denn auch wenn es nur in der Vorstellung geschieht, pusht es das Selbstbewusstsein und sorgt somit für ein ausgeglichenes, und hoffentlich auch befriedigendes, Auftreten im Alltag.

Evastöchter unter sich

Bei mir gibt es nicht eine spezielle Fantasie, die ich immer wieder habe. Vielmehr erregen mich viele verschiedene Vorstellungen. Manchmal entscheide ich selbst, an was ich denke, ein anderes Mal schließe ich auch nur die Augen und dann geht die Geschichte wie von selbst los. Eine dieser Fantasien dreht sich um meine Arbeitskollegin, eine wirklich schöne Frau. Es gibt aber keine lange Vorgeschichte. Ich stelle mir einfach vor, wie wir uns nackt gegenüberstehen, wie wir uns leidenschaftlich küssen. Sie leckt an meinem Hals entlang bis hinunter zu meinen Brustwarzen. Ich streichle ihren Rücken. Sie hat einen wunderschönen Körper. Wir legen uns auf den Boden und umarmen uns. Schon allein der Gedanke an diesen intensiven Hautkontakt macht mich ganz kirre. Ich knete sanft ihre Brüste, während sie mit ihrer Hand zärtlich an meiner Hüfte entlang abwärts wandert. Wir küssen uns, fast die ganze Zeit, und pressen unsere Körper aneinander. Ich weiß, das hört sich alles völlig undramatisch an. Doch schon bei der Vorstellung, ihren nackten Busen zu spüren, ihren Po zu umfassen, ihren Körper zu streicheln, überkommen mich wohlige Schauer.

(Barbara, 31, Journalistin)

Weiche Haut, sanfte Kurven, zärtliche Berührungen, Verständnis für Herzensangelegenheiten, Sinn für Romantik und dazu die Lust auf ausgiebiges erotisches Streicheln – das ist es, wofür wir Frauen stehen und warum Frauen häufig Frauen lieben. Apropos: Homosexuelle Frauen werden von Barbaras Fantasie begeistert sein. Schließlich leben sie das, was Barbara sich wünscht. Doch es ist auch kein Wunder, dass heterosexuelle Frauen sich oftmals nach genau diesen Dingen sehnen. Gerade auch, weil immer noch einige Männer meinen, ein Vorspiel sei nicht zwingend notwendig, und wenn, dann in nur wenigen Sekunden erledigt. Die gleiche Anatomie und das Wissen einer jeden Frau, wo und besonders wie Frauen gerne gestreichelt und berührt werden möchten, ist ein weiterer Grund für fantastische Ausflüge dieser Art. Zudem ist es natürlich wieder das Pikante und gesellschaftlich leider noch Tabuisierte, was der Vorstellung von Sex mit einer Frau anhaftet, den Reiz ausmacht und die erotische Fantasie beflügelt. Genauer gesagt träumt übrigens jede dritte deutsche Frau vom Sex mit einer Geschlechtsgenossin, das ergab 2001 eine Umfrage der Zeitschrift *Fit for Fun*. Und die deutschen Damen sind kein Einzelfall: Das Ergebnis wurde ein Jahr später von der weltweit durchgeführten Studie des Kondom-Herstellers *Durex* bestätigt. Auch bei dieser Umfrage nannten über ein Drittel der Befragten den Sex mit einer anderen Frau als eine ihrer erotischen Fantasien.

Wenn Sie, liebe Leserin, sich also nach einem Treffen mit ihrer besten Freundin wünschen, Sex mit ihr zu haben, ist das nichts Schlimmes. Vielmehr ist es ein Zeichen der Verbundenheit, der Sehnsucht nach Nähe, das Wissen um Verständnis und auch der Drang, die Sympathie und freundschaftliche Zuneigung zu zeigen. Wenn es in der Partnerschaft kriselt, ist der Wunsch nach solcher Intimität besonders groß, und es ist kein Problem, diese Leidenschaft in Gedanken mit Ihrer Freundin oder einer anderen Frau zu erleben. Legen Sie sich in die Badewanne oder ins Bett, schließen Sie die Augen, lassen Sie der Fantasie freien Lauf, streicheln Sie Ihren Körper und stellen sich dabei vor, dass es die Hände einer anderen Frau sind, die Sie berühren. Wie weit Sie dabei gehen, ist natürlich ganz Ihnen überlassen. Übrigens: Sie sind nicht gleich homosexuell, nur weil Sie Fantasien über Sex mit einer anderen Frau haben oder sich von femininen Eigenschaften angezogen fühlen. Das Wort lesbisch steht für eine selbstständige sexuelle Orientierung und feste Lebensform, nicht aber für den erotischen Akt an sich.

Tierisches Treiben und ausgeprägte Vaterliebe – gedankentechnisch kein Tabu

Sorry, wenn Sie an dieser Stelle das Statement einer meiner Freundinnen erwartet haben. Doch auch auf intensivstes Nachfragen folgten nur entrüstetes Kopfschütteln und ablehnende Handbewegungen. Sex mit Tieren? Nein, daran hat noch keine denken wollen, angeblich. Ebenso nicht an Sex mit dem eigenen Vater oder dem Bruder.

In der Tat sind diese zwei Themen starker Tobak. Allerdings nur im wirklichen Leben. Auch wenn Inzest eines der größten Tabus in unserer Gesellschaft ist, ist er doch oft Inhalt sexueller Fantasien. Und obgleich nicht oft darüber gesprochen wird, sind diese ebenso normal wie alle anderen und haben auf das reale Leben keine Auswirkungen. Auch für diese Vorstellungen gilt also: Es wirklich zu tun, ist das eine (abgelehnt), es sich nur vorzustellen, das andere (akzeptiert).

»Darum sollte sich eine Frau auch nicht schuldig fühlen, wenn sie sich vorstellt, mit ihrem Vater zu schlafen«, erklärt die Psychologin Dr. Monika Thurke aus Berlin und betont: »Zwischen Realität und Fantasie liegen Welten.«

Das gilt auch für erregende Träume, in denen Sodomie eine Rolle spielt. So haben durchaus einige Frauen Fantasien von Sex mit Tieren, gewöhnlich Hunden oder Pferden. Tiere, mit denen sie vielleicht als Kind in Berührung kamen oder die sie beim Sex beobachtet haben. Vielleicht hat sie die Größe des Penis eines Pferds erregt oder sie stellen sich vor, wie es ihnen ein Hund mit der Zunge besorgt.

Sollten Sie, liebe Leserin, sich dies auch manchmal bei der Selbstbefriedigung vorstellen oder irgendwann einmal vorgestellt haben, hängen Sie es lieber nicht an die große Glocke. Im Kreise von guten Freundinnen kann es durchaus zum Thema werden, den Jobkollegen aber sollten Sie lieber nichts von derartigen Fantasien erzählen. Dafür können einfach zu wenige Menschen zwischen Traum und Wirklichkeit unterscheiden. Und in diesen Fällen Aufklärungsarbeit zu leisten, ist zumeist verlorene Zeit.

Sex mit Onkel Doc

Sex mit dem Chef, Sex in aller Öffentlichkeit, Sex im Flugzeug, Sex mit dem Bäcker, Sex mit dem Postboten und, und, und. Hat im realen Leben die Liste mit den tatsächlich machbaren Sexvorstellungen irgendwann ein Ende, könnte es bei den anregenden Fantasien unendlich weitergehen. Jahr für Jahr, Woche für Woche, sogar Tag für Tag: montags mal das brave Mädchen, dienstags die dauergeile Hausfrau mit dem Putzkittel ohne etwas darunter, mittwochs die raffinierte Prostituierte, donnerstags die schüchterne Jungfrau, freitags die frivole Nachbarin, samstags die Frau allein unter fünf Männern und sonntags das kleine Luder, das den Chef vernascht.

Geschichten, die in Gedanken möglich sind, dazu noch gekonnt Hand angelegt, führen sie zu erotischen Höhepunkten.

Falls in Ihrem Kopf, liebe Leserin, jetzt immer noch Leere herrschen sollte und Sie unter absoluter Fantasielosigkeit leiden, gebe ich Ihnen gerne noch einen Tipp: Die Amerikanerin Nancy Friday hat sich ausgiebig mit dem Thema beschäftigt und darüber Bücher, wie *Befreiung zur Lust, Frauen und ihre sexuellen Phantasien, Verbotene Früchte, Die geheimen Phantasien der Frauen*, herausgegeben. Diese Bücher sind wahre Klassiker und können eine wirklich gute Anleitung sein, um eigene sexuelle Fantasien zu entwickeln oder auch neue zu finden.

Schutzmaßnahmen, Praktiken und Stellungen – das große 1 x 1 für alle Hand-Werkerinnen

»… und habt ihr es schon einmal im Kopfstand ausprobiert? Das ist super, sage ich euch. Da stecke ich mir dann immer noch zwei Finger rein und kriege total schnell einen Orgasmus, meist auch gleich mehrere hintereinander!«, erzählte die coole Karin, worauf Birte und ich schwer schlucken mussten. Die gute Dame ließ da einiges vom Stapel und berichtete über die verschiedensten Positionen, die sie bei der Selbstbefriedigung ausprobierte. Frustriert verließen Birte und ich dann auch ziemlich schnell die Party. Da konnten wir nicht mithalten. Wir machten es höchstens auf dem Rücken liegend, manchmal auch unter der Dusche und manchmal auch ohne einen Orgasmus zu haben. Aber die Karin mit ihrem Kopfstand, Mensch, die war eine echte Masturbations-Meisterin und das würden wir wohl nie werden. Dachten wir, völlig überzeugt!

Zu unserer Entschuldigung muss ich sagen: Wir waren noch jung und wussten nicht:

Meisterinnen fallen nicht vom Himmel!

In jeder Frau schlummern verborgene Qualitäten!

Manche Geschlechtsgenossinnen bluffen nur!

Heute, über 15 Jahre nach diesem Partyabend, sind Birte und ich schlauer und grinsen über Karins Kopfstand-Zwei-Finger-Multi-Orgasmus-Nummer. Wahrscheinlich erzählt sie jetzt, dass sie es sich im Handstand besorgt, von wegen super für die Armmuskulatur, und gleich 60 Orgasmen hintereinander hat. Solche Frauen mit erhöhtem Mitteilungsdrang und Hang zur Übertreibung gibt es leider immer wieder!

Lassen Sie, liebe Leserin, sich von diesen Damen nicht beeindrucken. Bevor Sie mit dem Unmöglichen starten, wie beispielsweise dem Ich-binde-mich-an-der-Decke-fest-Soloakt, probieren Sie lieber das Mögliche aus. Denn es gibt bei der Selbstbefriedigung durchaus einige lohnenswerte Variationsmöglichkeiten in puncto Stellungen, Hilfsmittel und Handgriffe. Welche Techniken Ihnen bei der erotischen Selbstversorgung am meisten Spaß bereiten und Sie am besten befriedigen, testen Sie am besten aus. Bevor nun die besagten Praktiken vorgestellt werden, vorab noch ein paar Worte zu einer weiteren notwendigen Vorbereitung. Ihre Umgebung ist ruhig gestellt worden, die Wohnung geputzt, dann geht es jetzt an das eigene Gefieder.

Fürs Wohlgefühl: kurzer Unterbodenwaschgang

Damit das lustvolle Treiben nicht unterbrochen wird von leicht angeekeltem Naserümpfen und wehleidigem Gewimmer, gilt es zunächst, einige Maßnahmen bezüglich der Körperpflege zu beachten. Die meisten von uns duschen täglich oder zumindest mehrmals die Woche, so dass kleine Ablagerungen von beispielsweise Urin, Schweiß und der natürlichen Scheidenflüssigkeit gar nicht erst die Chance haben, sich zwischen den großen und kleinen Schamlippen auszubreiten und zu riechen anzufangen. Trotzdem kann sich der natürliche Scheidengeruch aufgrund von sexueller Erregung, bestimmten Speisen, wie Zwiebeln oder Knoblauch, oder durch erhöhtes Schwitzen binnen weniger Stunden verändern.

Falls Sie nicht direkt aus der Badewanne oder Dusche kommen, empfiehlt es sich deshalb, vor dem erotischen Alleingang schnell noch einmal zum Waschlappen zu greifen. Gut eignen sich auch feuchte und unparfümierte Toilettenpapiertücher mit beispielsweise Kamille- oder Aloe-Extrakten oder Babypflegetücher. Sie reizen die empfindliche Haut der Vagina nicht unnötig.

Von Intimdeos ist eher abzuraten. Die Sprays sind nicht zur Reinigung gedacht, sondern überdecken nur die Gerüche, auch können sie unangenehme Reizungen hervorrufen und das mitunter natürliche Milieu der Scheide zerstören. Die einfachste Methode ist auch die wirksamste gegen Intimgeruch: Das regelmäßige Reinigen mit Waschlappen und Wasser!

Übrigens, wenn Sie es beim Masturbieren gerne gleich von Anfang an etwas feuchter mögen, cremen Sie die Schamgegend nach dem Waschen mit einer unparfümierten, pH-neutralen Lotion ein. Als Ersatz für Gleitmittel, die für Vibratoren, Dildos oder ähnliches Spielzeug benötigt werden, eignen sich Cremes, Lotionen und Öle allerdings nicht. Denn das in diesen Mitteln enthaltene Fett kann in der Vagina nur schlecht abgebaut werden. Deshalb ist es in diesen Fällen ratsamer, zu richtigen Gleitmitteln zu greifen. Alle wichtigen Informationen zu diesem Thema finden Sie ab Seite 139.

Hände anwärmen und Krallen einfahren

Egal wie scharf Sie auf sich selbst sein mögen – halten Sie vor dem Akt zehn Sekunden inne und werfen Sie vorab schnell noch einen Blick auf Ihre Fingernägel und Hände. Die Nägel sollten auf keinen Fall so scharf sein wie Sie. Besonders Frauen, die ihre Finger gerne einmal in Scheide oder Po verschwinden lassen, sollten auf gefeilte, saubere Fingernägel ohne Widerhaken achten. So streichelt es sich sanfter und Sie schützen sich vor schmerzhaften kleinen Verletzungen wie auch der Übertragung von Schmutzpartikeln oder Bakterien.

Das natürliche Handwerkszeug wird am besten unter warmem Wasser gesäubert. Denn innerlich total aufgeheizt und sexuell erregt, ist es immer wieder ein mittelgroßer Schreck festzustellen, dass kalte Hände jede Erotik zunichte machen können.

Finger rein oder raus, Höschen an oder aus?

Na endlich! Gesäubert und poliert können die Finger zum sexuellen Angriff starten. Dazu sei erwähnt, dass es nicht den einen perfekten Masturbationsfinger gibt. Jede Hand hat gleich mehrere potente Leistungsbringer zu bieten: Einige Frauen machen es gerne mit dem Zeige- oder Mittelfinger, andere benutzen bevorzugt den Ringfinger. Auch der Daumen und sogar der kleine Finger können wertvolle Stimulierungsarbeit leisten – Sie haben also die Qual der Wahl. Im Alleingang aber spricht die Länge des Mittelfingers für sich, besonders dann, wenn Sie in Ihrem Innern auf Erkundungstour gehen möchten.

Um allerdings etwas härteren und breitflächigeren Druck auf die Vagina inklusive Klitoris auszuüben und die Schamlippen zu spreizen, kann es sehr erregend sein, die Finger gleich zu mehreren daherkommen zu lassen.

Ein Patentrezept in Sachen Fingerfertigkeiten gibt es nicht, da jede Frau anders auf die sexuelle Reizung ihrer erogenen Zonen regiert. Darum lassen Sie sich auch nicht davon irritieren, wenn Ihnen eine Freundin erzählt, dass sie sich immer mehrere Finger in die Vagina steckt, somit zum Höhepunkt kommt und Sie bei gleicher Anwendung ohne Orgasmus bleiben. Vielleicht hat Ihre Freundin sensationell dicke Finger, wohingegen Sie kleine zierliche Exemplare vorzuweisen haben. Vielleicht ist Ihre Freundin auch grundsätzlich eher der vaginale Typ, während Sie verstärkt auf die klitorale Reizung reagieren.

Letzteres ist auf jeden Fall der Grund, warum es für einige Frauen nicht erregend ist, sich bei der Selbstbefriedigung einen oder mehrere Finger einzuführen. Diese Frauen brauchen die direkte oder zusätzliche Stimulation ihrer Klitoris.

Finden Sie für sich heraus, was Ihnen gefällt, und genießen Sie die Erkundungsarbeit am und im eigenen Körper.

Wenn Sie schon einmal bei der Erforschung Ihrer Vorlieben sind, werden Sie auch schnell feststellen, ob es Sie erregt, den Slip bei der Selbstbefriedigung anzulassen oder auszuziehen. Möglicherweise sitzen Sie an Ihrem Schreibtisch im Büro und es ist ohnehin undenkbar, die (Unter-)Hose fallen zu lassen. Vielleicht finden Sie es aber auch generell viel angenehmer, den Slip anzulassen, weil Ihre Klitoris zu empfindlich auf die direkte Reizung reagiert. Durch den sanften Stoff hindurch das Anschwellen der Klitoris zu spüren und zu merken, wie der Slip langsam feucht wird, kann zudem sehr erregend sein.

Einen Ministrip in die Masturbation einzubauen und sich in der Fantasie den Slip von einem heißen Typen ausziehen oder sogar zerreißen zu lassen, ist eine der vielen erotischen Spielereien, mit denen sich die Masturbation gestalten lässt.

Falls Sie der Fingertruppe noch ein wenig Unterstützung an die Hand geben wollen: Es gibt allerhand Nettigkeiten, die der Zehnermannschaft gerne und gut bei stimulierenden Liebkosungen zur Seite stehen.

Federn:
In Sexshops bekommen Sie spezielle Streichelfedern. Falls Sie sich in solche Läden nicht hineintrauen, lesen Sie a) auf Seite 124 einige wertvolle Ratschläge oder schauen Sie b) in einer Bastelboutique vorbei. Auch dort gibt es Federn, die sich wunderbar zum Umspielen der Brust, zum Streicheln der Beine und zum leichten Kitzeln der Taillengegend verwenden lassen.

Pelz:
Gleich vorab möchte ich betonen: Zeigen Sie ein Herz für Tiere und sparen Sie so auch noch etliche Euros. Es gibt hervorragende Kunstpelze! In Stoffläden werden Sie verschiedene Variationen von Pelzimitaten finden. Zum Liebkosen der Haut reicht bereits ein kleines Stück Stoff. Wenn Sie das Gefühl der weichen Haare aber besonders reizt, empfiehlt es sich, eine ganze Decke zu kaufen.

Seidentücher:
Bei vielen Frauen intensiviert sich die Wahrnehmung der eigenen Berührungen, wenn sie mit verbundenen Augen ihren Körper erkunden. Ein Seidenschal oder -tuch ist zum Verbinden bestens geeignet und erfüllt zudem auch als Streichelwerkzeug angenehme Dienste.

Latex, Lack und Leder:
Die Fetischanhängerinnen unter Ihnen wissen wahrscheinlich längst um die aufkeimende Lust, die Latex, Lack und Leder auf der Haut ausüben können.

Für Anfängerinnen auf diesem Gebiet eignen sich Handschuhe aus oben genannten Stoffen, die Sie in jedem Sexshop finden. Das Gefühl des glatten Materials, das sich eng an Hände und Arme schmiegt, kann sehr erregend sein. Liebkosen Sie Ihr Gesicht, Ihren Busen und auch die erogenen Zonen ein paar Zentimeter tiefer.

Fortgeschrittene und interessierte Damen können die Wirkung von sanften Schlägen mit einer kleinen Lederpeitsche ausprobieren.

Falls Sie sich nicht in einen Sexladen trauen und derartiges Spielzeug auch nicht über das Internet bestellen möchten, an dieser Stelle ein paar Tipps:

Statt der Latexhandschuhe können Sie zunächst auch Gummihandschuhe aus dem Haushaltswarenladen benutzen. Um einen ersten Eindruck zu bekommen, sind sie durchaus geeignet. Auch wenn das Gefühl auf der Haut selbstverständlich nicht dasselbe ist wie bei Lack und Co.

In der Karnevalszeit führen zudem einige gut ausgestattete Kaufhäuser Dominakostüme inklusive Zubehör.

Kerzen:
Sie mögen es gerne heiß und das im wahrsten Sinne des Worts? Spielen Sie mit der Nähe der Kerzenflamme und träufeln Sie das Wachs auf Ihre Haut. Bitte verwenden Sie aber nur einfache Paraffinkerzen. Das Wachs von farbigen, parfümierten oder Bienenwachskerzen verbrennt die Haut. Übrigens: Mit einer

Kerze lässt sich natürlich noch viel mehr in puncto erotisches Einzelvergnügen anstellen. Dazu auf Seite 118 mehr.

Eiswürfel:
Nicht nur an Sommertagen ist es immer wieder ein cooles hocherotisches Erlebnis – das spielerische Stimulieren mithilfe von Eiswürfeln. Ausgiebiges Lecken und Lutschen ist erwünscht. Umspielen Sie Ihren Busen und necken Sie Ihre Brustwarzen, die sich durch den kleinen Kälteschock ziemlich schnell zusammenziehen und hart werden dürften.

Kleine Anregung: Einen Eiswürfel in die Scheide zu stecken, kann sehr erregend sein. Und falls Sie Angst haben, den Würfel nicht mehr herauszubekommen – keine Sorge, was meinen Sie, wie schnell der geschmolzen ist …

Honig:
Schleckermäulchen mit ständiger Lust auf Süßes – und in diesem Fall ist nicht der eigene Körper gemeint – ist es zu empfehlen, sich mit Honig zu verwöhnen. Zum Glück gibt es die klebrige Masse mittlerweile in praktischen Tuben. So können Sie den Honig wunderbar auf Ihren Körper fließen lassen, zuschauen, wie er zwischen den Brüsten entlangrinnt und natürlich auch immer wieder von der süßen Speise probieren. Auch lecker: Schokoladencreme und -pudding (wenn frisch zubereitet, vor dem Hautkontakt etwas abkühlen lassen), Himbeersirup, oder wenn es etwas Hochprozentiges sein darf, Ihr Lieblingslikör.

Erdbeeren:
Da wir gerade bei Lebensmitteln sind, dürfen Erdbeeren nicht fehlen. Besonders dann nicht, wenn Sie, liebe Leserin, es erre-

gend finden, an etwas zu saugen, zu lutschen oder es mit Ihrer Zunge zu umspielen und im Mund verschwinden zu lassen. Die kleinen Früchtchen stellen sich gerne für die orale Verwöhnung zur Verfügung, Gleiches gilt für Kirschen, Weintrauben und Pflaumen. Die Exotik-Liebhaberinnen unter Ihnen greifen zu Litschis.

Ketten:
Perlenketten eignen sich gut für erotische Spielereien. Es kann äußerst prickelnd sein, mit der Hand die kleinen, aneinander gereihten Kugeln über den Körper zu reiben, mit ihnen den Busen zu umspielen, die Kette zwischen den Brüsten hin- und herpendeln zu lassen oder damit die Klitoris zu stimulieren. Alle, die es etwas härter mögen, können auch zur schweren Eisenkette greifen.

Rosen:
Eine wahrlich dufte Sache kann das Streicheln und Liebkosen mit einer Rose sein. Dabei bleibt es Ihnen überlassen, ob Sie es lieber sanft mögen und das Gefühl der Blätter und des glatten, harten Stiels auf der Haut genießen. Vielleicht aber auch lieben Sie das Risiko oder werden durch leichte Schmerzen beim Sex erregt und ziehen deshalb die stachelige Variante einer Rose vor.

Bauch- oder Rückenlage? Beziehen Sie Stellung!

Karins Kopfstand-Nummer – von der ich Ihnen zuvor berichtet habe – vergessen Sie lieber, denn a) klingt ihre Geschichte unglaubwürdig und ich zweifle heute noch an dem Wahrheitsgehalt, b) hat diese Aktion doch mehr mit Zirkusakrobatik zu tun als mit erotischer Entspannung.

Widmen wir uns stattdessen den tatsächlich machbaren Stellungsvarianten und Handgriffen. Davon gibt es auf dem Sektor der Selbstbefriedigung einige, die äußerst erotische Erlebnisse versprechen.

Auf dem Rücken

Schön!

Strecken Sie erst einmal alle viere von sich, schließen Sie die Augen und lassen Sie Ihre Gedanken in Richtung erotische Fantasien schweifen. Beginnen Sie mit sanften Streicheleinheiten. Berühren Sie Ihr Gesicht und Ihre Lippen, befeuchten Sie Ihre Finger und liebkosen Sie Ihre Brust und die Brustwarzen. Aber langsam, kosten Sie jede Berührung aus! Sehr erregend kann es in diesen Momenten auch sein, wenn Sie an Ihrem eigenen Arm knabbern, lecken, saugen und ihn küssen.

Setzen Sie Ihre Füße auf, so dass Ihre Beine leicht angewinkelt sind. Wenn Sie die Oberschenkel zunächst leicht zusammengepresst halten, erinnert diese Stellung an kleine Mädchen, die sich schämen, etwas verstecken wollen oder Angst haben – ein Bild, das zahlreiche Frauen sehr erregend finden. Drücken Sie mit Ihren Händen die Oberschenkel leicht auseinander, streichen Sie mit den Fingern an den Innenseiten entlang. Spüren Sie, wie weich Ihre Haut an dieser Stelle ist! Umspielen Sie sanft Ihre Schamlippen, fahren Sie mit den Fingern zwischen die äußeren und inneren Schamlippen und nähern Sie sich so Ihrer Klitoris. Probieren Sie aus, was Sie mehr erregt: die Klitoris in Auf- und Abwärtsbewegungen zu reiben oder sie kreisförmig zu stimulieren, vielleicht ist es auch das Wechselspiel, das Sie erregt.

Besser!
Sie möchten sich intensiver spüren? Lassen Sie die angezogenen Beine ein Stück zur Seite fallen. Damit weiten sich die Schamlippen automatisch und legen die Klitoris frei. Zur Unterstützung können Sie auch mit einer Hand die Schamlippen spreizen. Letzteres erhöht zumeist die sexuelle Erregung. Spüren Sie, wie die Erregung zunimmt und verteilen Sie die Feuchtigkeit rund um die Klitoris. Probieren Sie es aus: Necken Sie Ihre Vaginalöffnung und lassen spielerisch einen oder mehrere Finger hineingleiten. Wenn Sie dabei die Pobacken und die Vagina anspannen und wieder entspannen, werden Sie spüren, wie sich das Innere Ihrer Scheide verengt und weitet.

Eine weitere Möglichkeit ist es, die Knie am Körper anzuwinkeln und wie ein zusammengeschnürtes Paket auf dem Rücken zu liegen. Zugegeben, diese Position klingt im ersten Moment recht unbequem, ist aber durchaus reizvoll. Mit Ihren Händen können Sie nun am Körper entlangstreichen, über ihren Po und von dort aus die Beine leicht auseinander ziehen. In dieser Stellung können Sie mit Ihren Fingern wunderbar die geweiteten Schamlippen und die Klitoris stimulieren.

Einige Frauen kommen in der Rückenlage auch zum Höhepunkt, wenn sie ihre Füße aufstellen oder die Beine in die Luft strecken und etwas spreizen.

Bonus!
Ein Kissen unter den Po legen, die Füße aufstellen und leicht anwinkeln. Dadurch wird das Becken leicht angehoben. Diese Stellung hat etwas Exhibitionistisches, was sehr erregend sein kann. Zudem hat diese Position den Vorteil, dass die Finger besser vom Venushügel über die Schamregion bis in die

sensible Analregion rutschen können. Bitte, nur keine Hemmungen! In der Darmregion befinden sich viele sensible Nervenenden, zudem gilt der Po als eine hocherogene Zone. Um diese zu stimulieren, können Sie zum Beispiel von unten Ihre Pobacken fassen und die Analregion umspielen. Allerdings sollte darauf geachtet werden, dass der Finger, mit dem in den After eingedrungen wurde, später nicht in die Vagina rutscht. Es könnten sonst Bakterien in die Scheide gelangen und Infektionen verursachen. Aber Sie haben ja zum Glück mehr als nur einen Finger …

Auf dem Bauch

Schön!

Auf dem Bauch liegend, ist das Bett die bequemste Unterlage. Der Kopf sollte zur Seite gedreht sein, damit Sie frei atmen können. Nun gilt es zu entspannen und langsam auf Entdeckungstour zu gehen!

Finden Sie für sich heraus, was Sie mehr reizt: Die Beine geschlossen zu lassen, sie leicht oder so weit es geht zu spreizen. Lassen Sie Ihre Gefühle selbst entscheiden, ob Sie lieber mit einer Hand oder mit beiden aktiv werden wollen. Nun können Sie an der Bauchseite entlangstreichen und die Klitoris stimulieren.

Eine weitere Möglichkeit, die diese Position bietet, ist es, mit den Händen über Hüfte und Becken zum Po zu streichen, ihn sanft zu massieren und Ihre Vaginalöffnung zu umspielen. Spreizen Sie die Schamlippen, verwöhnen Sie Ihre Klitoris mit mal mehr, mal weniger intensiven Streicheleinheiten und dringen Sie mit Ihren Fingern ein.

Falls Sie in dieser Position zusätzlichen Halt benötigen, stützen sie sich mit einem Arm auf ein dickes Kissen auf.

Besser!
Durch ein Kissen, das unter dem Bauch beziehungsweise direkt unter dem Schambein liegt, werden das Hinterteil und das Becken leicht angehoben. Die Beine werden gleichzeitig etwas an den Körper angewinkelt und kuschelig ist es auch noch. Der eigentliche Vorteil an dieser Position ist, dass Sie das Becken relativ frei bewegen können und der Schambereich freier liegt. Und das ist gut! Denn mit den Händen kommen Sie jetzt zwar nur noch über die Körperseite entlang zur Klitoris, dieses aber dafür ganz hervorragend.

Bonus!
Möchten Sie Ihren Fingern eine kleine Pause gönnen, aber trotzdem nicht auf die Selbststimulation verzichten, können Sie einen Vibrator oder Dildo ausprobieren. Genauere Informationen zu diesen und ähnlichen Sexspielzeugen finden Sie übrigens ab Seite 129.

Legen Sie sich bäuchlings auf den Vibrator, reiben Sie mit Ihrem Schambein dagegen und variieren Sie dabei den Druck. Schalten Sie währenddessen ruhig das Kopfkino ein und stellen Sie sich beispielsweise vor, dass unter Ihnen Ihr angehimmelter Nachbar oder Lieblingsschauspieler liegt, den Sie mit Ihren Bewegungen in Ekstase treiben. Lassen Sie ihn winseln, noch darf er nicht rein!

Denn äußerst erregend kann es sein, die Beine zusammenzupressen und den Vibrator druckvoll entlang der Schamlippen und Klitoris dazwischen zu drängen. Mit abgestütztem Arm und aufgerichtetem Po können Sie Ihr Becken kreisen lassen. Stimulieren Sie mit der Vibratorspitze Ihre Klitoris und die Vaginalöffnung. Gerade wenn Sie ein eher vaginaler Typ sind, wird es Sie besonders reizen, den Vibrator neckisch immer wieder einen oder zwei Zentimeter in die Vagina hinein- und herausgleiten zu lassen.

Steigern Sie nach und nach die sexuelle Fantasie und damit auch das Tempo der Stimulation. Spielen Sie mit sich selbst und der Macht der Gefühle. Reizen Sie die Lust bis zum Ende aus. Erst wenn die sexuelle Erregung überzuschwappen scheint, nehmen Sie den Vibrator ganz in sich auf.

In der Seitenlage

Schön!

Sie sind matt, wollen im Fernsehen unbedingt Ihre Lieblingsserie sehen, aber trotzdem nicht auf ein erotisches Einzelvergnügen verzichten? Wunderbar, in solchen Situationen ist die Seitenlage genau das Richtige für Sie. Auf dem Sofa oder dem Bett ist es in dieser Position am bequemsten. Stützen Sie sich mit dem Unterarm ab, und kneten Sie mit der freien Hand Ihre Brüste, streicheln Sie Ihr Gesicht, und genießen Sie die Nähe zu sich sowie die Wärme Ihrer Haut. Weiter können Sie dann mit Ihrer Hand entlang der Taille und über den Venushügel zwischen Ihre Schenkel streichen. Gleiten Sie zwischen Ihre Schamlippen und zu Ihrer Klitoris.

Besonders erregend kann es sein, die Beine leicht zusammenzupressen und sich gegen diesen Widerstand den Weg zur Klitoris erarbeiten zu müssen. Spielen Sie mit Ihrer Erregung, Ihrer Fantasie und Ihren Gefühlen.

Neben der Stimulation über die Vorderseite lohnt es sich auch, den Griff über den Rücken auszuprobieren. Massieren Sie sanft Ihren Po, ziehen Sie mit Ring-, Mittel- und Zeigefinger die Backen leicht auseinander und streicheln Sie mit dem kleinen Finger die empfindsame Analregion. Fordern Sie Ihre Lust heraus. Einige Frauen finden es sehr erregend, sich gleichzeitig einen oder mehrere Finger in die Vagina und in den Po zu stecken – in dieser Position ist das bestens möglich.

Die Selbstbefriedigung ist kein sportlicher Wettkampf, und dementsprechend kommt es nicht auf gymnastische Höchstleistungen an. Wenn Sie also einen besseren Zugriff auf Ihre Vagina haben wollen, können Sie beispielsweise Ihr eines Bein parallel zum anderen in die Höhe strecken. Diese Position stärkt auch die Beinmuskulatur, fördert aber nicht zwingend die Freude und Entspannung. Übrigens verlieren Sie auch bei den bequemen Varianten der Selbstbefriedigung bereits einige Kilokalorien, genauer gesagt sind es bei jedem Orgasmus zwischen 100 und 120 Kilokalorien.

Besser!

Statt also schweißtreibende Fitnessübungen zu starten, nur um besser an die Vagina inklusive Klitoris zu gelangen, lassen Sie die Beine bequem aufeinander liegen, winkeln das obere Bein an und ziehen den Oberschenkel etwas an den Körper heran. Alternativ hierzu können Sie die Paketstellung in der Seitenlage ausprobieren, indem Sie beide Beine anwinkeln und Richtung Oberkörper ziehen.

Bonus!

Versuchen Sie einmal beide Hände gleichzeitig zum Einsatz kommen zu lassen. Streicheln Sie mit dem oberen Arm am Rücken entlang, kneten Sie Ihren Po und/oder spreizen Sie Ihre Schamlippen. Die andere Hand gleitet von vorne zwischen Ihre Beine. Üben Sie mit den Handknochen abwechselnd mal leichteren, mal stärkeren Druck auf das Schambein aus und stimulieren Sie die freiliegende Klitoris.

Wunderbar, und falls Sie noch immer Ihre TV-Serie schauen, dürfte das ein ziemlich befriedigendes Fernsehvergnügen sein …

Im Sitzen

Schön!

Falls Sie bislang noch nicht im Sitzen masturbiert haben, sollten Sie es dringend tun! Schließlich gibt es allerhand Situationen, in denen Sie sitzen und es sich schön machen können: im Kirmeskarussell, am Schreibtisch, im Bus, im Kino, auf der Parkbank, in der Badewanne, auf dem Sofa oder auch auf der Toilette. Zu einigen öffentlichen Plätzen, an denen sich die Selbstbefriedigung besonders lohnt, erzähle ich Ihnen ab Seite 142 Genaueres. Nur so viel sei bereits an dieser Stelle erwähnt: Um kein öffentliches Ärgernis hervorzurufen, sollte an einigen Orten die Hose anbehalten und durch den Stoff hindurch stimuliert werden. Das kann sehr erregend sein und ist erst der Anfang von dem, was später zu Hause fortgeführt wird. Ich denke an das aufkommende sexuelle Verlangen am Arbeitsplatz und einen einfachen Kugelschreiber, mit dem sich zum Beispiel auch durch eine Jeans hindurch Druck auf die Klitoris ausüben lässt. Oder an die Lust beim Busfahren, und die Weinflasche, mit der – in der Einkaufstüte versteckt stehend – ebenfalls die Schamgegend stimuliert werden kann.

Besser!

Die Vielfalt der Möglichkeiten ist aber nicht der einzige Pluspunkt dieser Position. Hinzu kommt der Blick von oben auf den eigenen Körper herab, den Sie unbedingt einmal in vollen Zügen genießen sollten: Ziehen Sie sich aus und setzen Sie sich am besten auf einen Stuhl. Wenn Sie Ihre Brüste sanft kneten und die Brustwarzen necken, werden Sie zusehen können, wie sie sich aufrichten. Gleiten Sie mit Ihren Händen entlang der Taille und weiter hinab, massieren Sie sanft Ihren Venushügel. Streicheln Sie die Außenseiten Ihrer Oberschenkel, fahren Sie mit den Händen an die Innenseiten, drücken Sie die Beine leicht auseinander und lassen Sie die Lust langsam erwachen. Spreizen Sie mit der einen Hand Ihre äußeren Schamlippen, ziehen Sie sie leicht hoch, so dass die Klitoris freigelegt wird. Äußerst prickelnd ist es zudem, mit mehreren Fingern und in schnellen Bewegungen die Vagina zu tätscheln.

Etwas gelenkigere Frauen können die Selbststimulation im Schneidersitz ausprobieren. In dieser Position ziehen sich die äußeren Schamlippen automatisch etwas weiter auseinander.

Bonus!
Die Sitzposition ist sehr gut dafür geeignet, sich vor dem Spiegel zu befriedigen und auf diese Weise selbst näher kennen zu lernen. Vielleicht haben Sie anfangs etwas Scheu, sich dabei zuzuschauen und in die Augen zu sehen. Doch es gibt keinen Grund für Schamgefühle. Selbstbefriedigung ist etwas ganz Natürliches. Ihre Nachbarin tut es, Ihre Freundin tut es, Ihre Arbeitskollegin tut es und Sie tun es jetzt auch.

Setzen Sie sich vor einen großen Spiegel. Sicherlich können Sie sich auch einen Handspiegel vorhalten, das hätte allerdings den Nachteil, dass Sie nur eine Hand frei haben. Stützen Sie die Füße auf und winkeln Sie Ihre Beine leicht an. Streicheln Sie Ihr Gesicht, liebkosen Sie Ihren Mund, umfassen Sie Ihren Busen und beobachten Sie sich dabei. Spreizen Sie die Beine und schauen Sie sich Ihre Vagina genauer an. Wenn wir Frauen ehrlich sind: Viel zu selten würdigen wir dieser wirklich kostbaren Körperstelle unseres Blickes. Daher wird es nun höchste Zeit …

Im Knien

Schön!

Sie lieben es, immer wieder mit der einen Hand Ihren Busen sanft zu kneten, die Brustwarzen zu liebkosen und Ihren Oberkörper zu streicheln? Sie lieben es, mit der anderen Hand Ihr Gesicht zu streicheln, an Ihren Fingern zu saugen und zu lutschen? Sie lieben es, mit Ihren Händen entlang der Taille Ihre Pobacken zu umfassen und zu kneten? Dann dürfte Ihnen die Kniestellung gut gefallen. In dieser Position können Sie sich ganz Ihrer Passion hingeben, kommen aber auch einige Zentimeter tiefer hervorragend an Klitoris und Po, und können sich dabei bestens abwechselnd von vorne und von hinten stimulieren.

Als erotische Anregung: Drehen Sie eine Decke oder ein Bettlaken zu einer dicken Rolle oder pressen Sie ein Kissen zusammen. Legen Sie die Rolle zwischen Ihre Beine und reiben Sie daran Ihre Vagina inklusive Klitoris vor und zurück. Etliche Frauen schwören auf diese Schubbertechnik, durch die man zudem auch beide Hände für die geliebten Streicheleinheiten frei hat.

Besser!

Damit Sie die sexuelle Selbstversorgung im Knien nicht nach einigen Minuten vor Schmerzen abbrechen müssen, achten Sie auf eine angenehme Unterlage. Holz- oder Steinfußboden beispielsweise, ebenso piksende Strohteppiche, Fliesen, die Badewanne oder Dusche sind sicherlich nicht der bequemste Untergrund. Ein rutschfestes Kissen oder Handtuch untergelegt, schonen Sie nicht nur Ihre Knie, sondern sorgen auf dafür, dass Sie sich der Selbstbefriedigung entspannt hingeben können.

Bonus!
Gerade in der Kniestellung können Sie sowohl Vorder- als auch Rückseite Ihres Körpers gut berühren. Ganz vernarrt in den eigenen Body, können Sie diesem also eine extravagante Portion an Liebkosungen gönnen. Hierzu eignen sich Massageöle. Ein Rezept für ein sinnliches, erotisierendes Öl zum Selbermachen finden Sie auf Seite 58.

Wärmen Sie das Massageöl vor dem Auftragen in Ihren Händen leicht an. Das Öl wird aus den Händen auf den Oberkörper geträufelt – genießen Sie es, wie es langsam zwischen Ihren Brüsten rinnt. Drücken Sie vorsichtig Ihren Busen, umspielen Sie die Brustwarzen, verwöhnen Sie Ihren Bauch mit kreisenden Bewegungen, streicheln Sie Ihren Hals, Ihr Dekolletee, die Arme, den Rücken und den Po. Stimulieren Sie Ihren Körper mit sanften, leicht knetenden Massagegriffen. Mit dem Öl gleiten Ihre Hände gleich doppelt so gut über die Haut, was bei den meisten Frauen für eine erhöhte Erregung sorgt.

Für die Kniestellung empfehlen sich auch die Sexspiele mit einem Vibrator oder Dildo. Blättern Sie einfach einige Seiten im Buch zurück und schauen Sie bei der Stellung *Auf dem Bauch* ab Seite 94 nach.

Im Stehen

Schön!
Glauben Sie nicht, dass Masturbieren im Stehen nur unter der Dusche schön ist. Sehr viele andere Orte sind ebenso gut dafür geeignet. Probieren Sie es aus, sonst könnte Ihnen etwas entgehen!

Wo möchten Sie es tun – im Wohnzimmer, im Bad, im Flur, im Schlafzimmer, in der Umkleidekabine, im Keller, auf dem

Dachboden oder, auch sehr erotisch, in der Küche? Der Vorteil dieser Stellung gegenüber den anderen ist, dass Sie keine weiche Unterlage benötigen. Wenn Sie den Ort Ihrer Wahl gefunden haben, lassen Sie die Hose oder Ihre gesamte Kleidung fallen. Auch in dieser Position sollte das sanfte Verwöhnprogramm an erster Stelle stehen. Streicheln Sie Ihren Bauch, kneten Sie Ihren Po, Ihren Busen, befeuchten Sie Ihre Finger und liebkosen Sie Ihre Brustwarzen. Massieren Sie mal sanft, mal härter Ihren Venushügel, lassen Sie Ihr Becken kreisen und steigern Sie langsam Ihre Lust.

Nicht nur zusätzlichen Halt, sondern auch zusätzliche Erregung verspüren viele Frauen, wenn sie sich mit dem Rücken gegen eine Wand oder einen Türrahmen lehnen und das Becken dabei leicht nach vorne schieben. In dieser Haltung können Sie sich zudem variantenreicher stimulieren: Mit der Hand die Pobacken umfassen oder die Analregion umspielen, von hinten die Vagina liebkosen.

Ebenso erotisch ist die umgekehrte Stellung, bei der die Vorderseite des Körpers gegen eine Wand gedrückt und das Becken leicht nach hinten bewegt wird.

Besser!

Haben Sie gerade ein Handtuch in Griffnähe? Wunderbar, denn sehr erregend kann es sein, ein Handtuch oder beispielsweise auch einen Schal oder sogar Gürtel zwischen die Beine zu nehmen, die Enden festzuhalten und durch Auf-und-ab-Ziehen die Klitoris zu stimulieren. Variieren Sie dabei das Tempo und den Druck, den Sie auf die Klitoris ausüben.

Sollten Sie zu den Frauen gehören, die nach einem Orgasmus etwas schwächeln, achten Sie darauf, dass Sie in unmittelbarer Nähe eine Sitzgelegenheit haben. Übrigens ist es kein

Grund zur Beunruhigung, wenn Ihnen nach dem sexuellen Höhepunkt ein wenig schwindelig ist. Mit der Erregung steigen auch Blutdruck, Puls und Atmungsfrequenz. Der ganze Kreislauf gerät in Wallung und muss sich nach dem Orgasmus erst wieder normalisieren.

Bonus!

Wenn Sie einen noch besseren Zugriff auf Ihr Lustzentrum haben möchten, probieren Sie Folgendes aus: Stellen Sie einen Fuß auf oder etwas über Kniehöhe ab, also zum Beispiel auf einem Stuhl, einer Sofalehne, dem Badewannenrand oder auch der Waschmaschine. Dadurch öffnen sich die Schamlippen und die Klitoris wird etwas freigelegt. Alternativ können Sie Ihren Venushügel am Waschbeckenrand oder einem Tisch auf und ab reiben. Gönnen Sie sich auch in dieser Stellung eine prickelnde Massage oder nehmen Sie hauswirtschaftliches Sexspielzeug wie einen Besenstiel zur erotischen Erregungshilfe.

Sie sind eine kleine Wäschefetischistin? Na bitte, dann können Sie einmal zeigen, was Sie haben und gleichzeitig Ihren Hang zu heißer Wäsche und Ihre sexuelle Lust ausleben. Strapse, BH und ein knappes Höschen plus High Heels kommen im Stehen gut zur Geltung – besonders vor einem Spiegel. Verführen Sie sich selbst, indem Sie Ihre heißeste Wäsche anziehen und darin posieren. Kneten Sie sanft Ihre Brüste und spüren Sie, wie sich die Brustwarzen unter dem leichten Stoff langsam erhärten. Spielen Sie an dem Bund des Höschens und lassen Sie die Finger hin und wieder kurz hineingleiten. Necken Sie sich selbst und steigern Sie so nach und nach Ihre Erregung. Sie merken schon – es gibt so einiges, was nur darauf wartet, von Ihnen ausprobiert zu werden …

Zwar waren dies noch lange nicht alle Stellungen, aber da ich beispielsweise Masturbation im Kopfstand nach wie vor für absurd halte, ebenfalls die Befriedigung in der Turnposition Kerze, bei der sich der Po in luftiger Höhe befindet, und auch die Hockstellung nicht wirklich zu den bequemsten zählt (zudem ist sie schlecht für die Durchblutung der Beine und das bedeutet gleichzeitig Krampfadergefahr), spare ich mir dazu ausführliche Anmerkungen. Möchten Sie trotzdem mehr über die Hockstellung erfahren, schauen Sie auf Seite 152 nach, wo die Möglichkeiten für einen Soloakt unter der Dusche beschrieben werden. Dort ist die Hockposition aufgrund der Rutschgefahr durchaus ratsam.

Kein Muss: Ende gut – alles gut

Falls Sie sich und daraufhin mich jetzt fragen, was nun die ultimative und erregendste Stellung für die Selbstbefriedigung ist, muss ich wieder auf das individuelle Empfinden einer jeden Einzelnen verweisen. Zudem kann ich Ihnen das Ergebnis verschiedenster Studien nennen: Demnach masturbieren 73 Prozent der Frauen am liebsten und häufigsten in der Rückenlage. Aber wer weiß? Vielleicht kommen Sie, liebe Leserin, ja viel besser auf dem Bauch liegend auf Ihre Kosten?

Probieren Sie für sich aus, was Sie glücklich macht, und behalten Sie im Hinterkopf, dass Sie nicht in jeder Stellung den gleichen Befriedigungseffekt erzielen müssen oder können. Während manche Frauen in ganz verschiedenen Stellungen und ebenfalls mit verschiedenen Stimulationsmethoden zum Höhepunkt kommen, schaffen andere es nur auf eine ganz bestimmte Art und Weise.

Außerdem sollte das Motto gelten: Der Weg ist das Ziel! Zwar etwas abgedroschen, passt der Spruch doch hervorragend zu den erotischen Alleinaktivitäten. Denn bei allem stimulierenden Tun und Handeln, egal ob auf dem Rücken liegend, auf dem Bauch oder im Stehen, ob mit Sexspielzeug oder einfach auf die Kraft der Finger vertrauend – der Orgasmus sollte nicht im Vordergrund stehen. Vielmehr geht es bei der Selbstbefriedigung darum, dass Sie sich entspannen, dass Sie Ihre eigenen Bedürfnisse erkennen, dass Sie Lust erleben, sich wohl fühlen und mit sich Spaß haben. Hervorragend, wenn dabei noch ein Orgasmus herausspringt. Aber machen Sie dies bitte nicht zu einem Muss.

Wenn Sie beim Masturbieren eigentlich immer einen Orgasmus haben und dann einmal leer ausgehen, ist das kein Grund zur Besorgnis. Möglicherweise konnten Sie sich aufgrund von Stress oder Krankheit schlechter entspannen.

Auch wenn Sie generell sehr unregelmäßig bei der Selbstbefriedigung einen sexuellen Höhepunkt erleben, sollten Sie deswegen nicht seltener masturbieren. Geben Sie sich eine Chance. Genießen Sie die Nähe zu sich und

- wenn Sie stöhnen möchten, dann stöhnen Sie!
- wenn Sie Ihr Becken wie beim Partnersex rhythmisch bewegen wollen, machen Sie es!
- wenn Sie sich küssen möchten, dann küssen Sie sich, saugen und lutschen Sie an Ihrem Arm!
- wenn Sie sich umarmen möchten, dann tun Sie es!
- wenn Sie beim Orgasmus vor lauter Lust schreien könnten, schreien Sie, bitte!

All diese Gefühle und Bedürfnisse zu unterdrücken, würde nur zu einer innerlichen Verkrampfung führen und das Vergnügen mindern.

»Eine Frau, die sich bei der Selbstbefriedigung nicht gehen lassen kann, womöglich Schuldgefühle hat, wird in der Tat seltener einen Orgasmus erleben«, sagt die Psychologin Dr. Monika Thurke und rät: »Diese Frau sollte für sich eine Bestandsaufnahme machen und überlegen, welche konkreten Ängste und Schuldgefühle sie am Ausleben der Lust hindern.« Helfen kann es, Bücher über sexuelle Lust zu lesen, einen Blick ins Tagebuch zu werfen, einen Rückblick auf die eigene sexuelle Entwicklung vorzunehmen und sich mit Freundinnen über die eigenen Erfahrungen zu unterhalten.

Dr. Monika Thurke: »Die Frau sollte sich fragen, was ihr fehlt, wonach sie sich sehnt und was ihr gefallen könnte.« Antworten bekommen Sie auch, wenn Sie sich Ihre Reaktionen und Gefühle in Erinnerung rufen: Was genau haben Sie empfunden, als Sie sich befriedigt haben? Haben Sie dabei an etwas gedacht, an was? Nach einiger Zeit und nachdem Sie Antworten gefunden haben, werden Sie nicht mehr auf ihren sexuellen Höhepunkt verzichten müssen. Denn: In jeder Frau schlummern verborgene Qualitäten und Meisterinnen fallen nicht vom Himmel – auch wenn einige Karins gerne Letzteres vorgaukeln. Zumeist liegt das Erreichen eines Orgasmus an der Übung, an der Neugierde und einigen Jährchen mehr Erfahrung …

Von wegen, Mädchen spielen nur mit Puppen – es gibt noch andere Sachen, die Freude machen

Gott ist schon ein Guter. Er gab uns zwei Hände und zehn Finger, mit denen sich sextechnisch eine Menge anstellen lässt. So gesehen sollten wir Damen nicht undankbar sein, geschweige denn klagen. Auch nicht darüber, dass unsere Finger nicht besonders dick sind oder darüber, dass ihre Länge manchmal zu wünschen übrig lässt. Das sollten wir wirklich vergessen. Und nach Gott gab es andere geniale Schöpfer, die Weiteres erfunden haben, das uns Frauen bei erotischen Alleingängen mächtig viel Freude bereiten kann.

Da sind zum Beispiel all die netten Gemüsebauern, die vor Jahrhunderten Gurken, Möhren, Auberginen und Zucchini entdeckten und seitdem züchten. Es gibt die kreativen Designer von Kosmetikverpackungen, die Hersteller von Kerzen und natürlich all die freundlichen Mitarbeiter, die ganz professionell Sextoys in verschiedensten Größen und Materialien entwerfen. Allesamt ganz wunderbare Menschen. Sie machen es uns Frauen möglich, aus einer Vielzahl an Spielzeug zu wählen, das zur Steigerung der Lust wertvolle Dienste leistet.

Dabei möchte ich jedoch eines ganz zu Anfang erwähnen: Es ist schon verwunderlich, dass gerade Männer immer wieder meinen, wir Frauen seien besonders scharf auf Dinge, die wir uns einverleiben können. Die meisten von Ihnen, liebe Leserinnen, wissen jedoch selbst am besten, was sie wie und wo erregt. Wie bereits an anderer Stelle gesagt, kommen viele

Frauen eher durch direkte Klitorisstimulierung zum Orgasmus und weniger durch das Einführen von irgendwelchen Gegenständen. Oftmals reicht schon das Herumrutschen auf dem Fahrradsattel oder ein Kopfkissen zwischen den Beinen. Da jede Frau ein wenig anders auf die verschiedenen Möglichkeiten von Stimulation reagiert, ist es umso schöner, dass wir im 21. Jahrhundert leben. Im Laufe der Zeit haben die Erfinder nämlich allerhand nette Dinge auf den Markt gebracht, so dass wir Frauen mit unseren sexuellen Wünschen und Bedürfnissen individuell befriedigt werden können.

Sicher, durch die vorhandene Masse an Sextoys ergibt sich die bekannte Qual der Wahl. Damit Sie, liebe Leserin, trotz allem den Überblick behalten, habe ich mich einmal in Sexshops herumgetrieben, den Kühlschrank auf den Kopf gestellt, meinen Hausrat durchstöbert, das Gemüseregal geleert und mich in meinem Bad umgeschaut – und siehe da: Es sind allerhand erotische Accessoires aufgetaucht, die beim Masturbieren eine Bereicherung sind. Gerne stelle ich Ihnen nachfolgend die gängigsten und auch besten Freudenspender vor, verrate Tipps zur richtigen Pflege, warne vor fatalen Folgen und sage Ihnen, wovon Sie lieber die Finger lassen sollten.

Spaßmacher aus Lebensmittelgeschäften

Hektisches Gedränge schon auf dem Parkplatz, dann die Suche nach dem Chip für den Einkaufswagen, später die lange Warteschlange an der Kasse und schließlich das Tragen der schweren Tüten – Einkaufen kann in wahren Stress ausarten. Sollten Sie, liebe Leserin, diese teils nervenaufreibenden Aktionen nur zu gut kennen, haben Sie sich dringend eine Belohnung verdient! Und um diese zu bekommen, brauchen Sie gar nicht viel tun. Lassen Sie einfach im Supermarkt seelenruhig die Blicke schweifen. Es gibt viele Waren, die hervorragend zweckentfremdet werden können und nach einem stressigen Einkauf – und natürlich auch in anderen Momenten – für ganz viel Entspannung sorgen …

Banane

Was die Meinung zahlreicher Männer betrifft, ist die Banane der Klassiker unter den natürlichen Freudenspendern. Die Fantasie der Herren läuft sofort auf Hochtouren, wenn sie eines der vielen Fotos sehen, auf denen sich eine Frau genüsslich eine Banane in den Mund schiebt. Stimmt ja auch: Von der Optik her geht die Banane gut als Phallussymbol durch. Allerdings macht sie das nicht gleich zum perfekten Sexspielzeug: Die Schale sorgt für eine verminderte Rutschfähigkeit des Gemüses, ihr Stängel stört beim Einführen und der kleine Knubbel unten an der Frucht ist auch nicht gerade angenehm. Doch damit nicht genug des Handicaps: Bei gespritzten Bananen kann es außerdem zu allergischen Reaktionen kommen. Deswegen aber des Affen liebste Kost zu schälen, ist weniger klug, da sich dann die Standfestigkeit extrem verschlechtert beziehungsweise sogar ganz verloren geht. Also rate ich dringend davon ab!

Tipp: Bananen sind lecker und deshalb im geschälten Zustand genau das Richtige für einen anregenden Blow Job.

Ungeschält plus Kondom und ein wenig Gleitcreme, hält die Banane auch als einverleibter Glücksbringer die Stellung – aber es gibt Besseres …

Salatgurke

Im geschälten Zustand feucht und etwas glitschig, ist die Salatgurke eines der optimalsten Sextoys aus dem Gemüseregal. Kein störender Stängel, dafür aber pralle, perfekte Dicke und natürlich eine enorme Länge. Auch die Standfestigkeit einer Salatgurke kann sich sehen lassen. Die Angst, das Gemüse könnte im Eifer des Gefechts durchbrechen, ist deshalb unnötig.

Tipp: Mit einem Messer oder Gemüseschäler lässt sich die Gurke bestens in Form schneiden. Haben Sie, liebe Leserin, also eine XXL-Variante des grünen Gemüses erwischt und Bedenken, das Ding könne beim Einführen für einige Schmerzen sorgen – einfach einige Millimeter weghobeln.

Karotte

Wir kennen es aus dem richtigen Leben: Kein Mann ist wie der andere! Die einen haben einen langen Penis, die anderen einen kurzen, manche haben einen dicken, andere einen dünnen, wiederum andere einen geraden und so weiter und so fort. Feststellen lässt sich das immer erst, wenn die letzten Hüllen gefallen sind. Ähnlich ist es, wenn Sie eine Schale Karotten kaufen. Darin finden Sie ebenfalls kleine, große, dicke, dünne, krumme und gerade Vertreter der Gemüseart. Diese Vielfalt macht die Möhre zu einem wirklich lebensnahen und empfehlenswerten Objekt der sexuellen Begierde. Jede Frau kann sich nach ihrem Geschmack die passende Karotte aussuchen.

Tipp: Möhren aus dem Kühlschrank sind furchtbar kalt und machen jedes erotische Gefühl zunichte. Wenn Sie sich also keine Eiszapfen einführen möchten, sollten Sie die Möhren außerhalb des Kühlschranks lagern oder vor dem erotischen Vergnügen mit lauwarmem Wasser abwaschen.

Schwarzwurzel

Nomen est omen: Die Schwarzwurzel ist ziemlich dunkel und sieht aufgrund ihrer Farbe nicht sehr appetitlich aus. Aber wer will das Ding schon essen, wenn es längentechnisch doch Stattliches zu bieten hat? Zwanzig Zentimeter und weit mehr sind keine Seltenheit und lassen verzeihen, dass die Schwarzwurzel nicht so sehr in die Breite geht.

Tipp: Ziehen Sie der Wurzel ein farbiges Kondom über. Dann sehen Sie nicht ganz so schwarz …

Zucchini

In der Tat, wer die Wahl hat, hat die Qual! Denn neben Salatgurken und Möhren zählen Zucchini zu den heimlichen Spitzenreitern unter den Gemüse-Glücksbringern. Der Grund ist die große Auswahl: Einige kommen kürzer und schlank daher, andere – wollen wir hoffen, dass dies nichts mit Genmanipulation zu tun hat – protzen mit rekordverdächtigen Maßen in Dicke und Länge. Weitere Pluspunkte gibt es für die Zucchini in puncto Härte. Dauerhart lässt sie jeden Mann neidisch werden, denn auch nach über einer Stunde im Einsatz ist sie immer noch bereit für erotische Spielereien.

Tipp: Zum Glück gibt es Gemüsehobel. Da der kleine Stängel beim Einführen ebenso stört wie der Knubbel am unteren Ende der Zucchini, schnitzen Sie sich Ihr Lustspielzeug einfach ein wenig zurecht. Auf alle Fälle sollten Sie keine stark gebogenen Zucchini nehmen. Auch wenn die Dinger teilweise faszinierend aussehen, werden sie der weiblichen Anatomie nicht gerecht und können sich somit als Spaßverderber entpuppen. Dann aber bitte nicht den Kopf hängen lassen. Aufgrund seiner Festigkeit eignet sich das Gemüse hervorragend zur reinen Klitorisstimulation.

Auberginen

Alle jene Frauen, denen es weniger auf die Länge, sondern mehr auf die Dicke ankommt, sollten zur Aubergine greifen. Prall und glatt schimmert schon die Oberfläche, und wenn auch etwas unhandlich, verspricht dieses Gemüse doch ein ausgefülltes Dasein …

Tipp: Auch wenn die Neugierde groß ist, nehmen Sie beim ersten Mal lieber eine weniger dicke, dafür aber längere Aubergine. Denn das Gemüse ist äußerst rutschbegabt und flutscht im Eifer des Gefechts schon einmal schnell aus der Hand und komplett hinein ins Körperinnere. Was Sie dann tun sollten, lesen Sie auf Seite 117.

Maiskolben

Gibt es so etwas wie die Liebe auf den dritten Blick? Ich denke, ja und meine damit den Maiskolben. Diese großen, grünen Blätter, unter denen er sich zunächst versteckt, sind zwar samtig weich, aber absolut hinderlich. Weg damit! Die nächste Schicht besteht aus langen, klebrigen Fäden – auch weg damit. Nun wird der Kolben endlich in seiner vollen Pracht sichtbar und lässt erahnen, wofür er hervorragend geeignet ist. Schön dick, schön fest und auch von der Länge her äußerst akzeptabel, schenkt uns Mutter Natur ein weiteres erotisches Spielzeug. Der Clou: Werden Gurken und Zucchini zumeist in Gewächshäusern gezüchtet, beglückt uns der Mais im Spätsommer direkt am Straßenrand mit seiner Anwesenheit. Dicht Pflanze an Pflanze stehend, drängen sich die gemüsigen Freunde richtig auf, so dass es fast Pflicht ist, die Fahrradtour oder Autofahrt zu unterbrechen. Befreien Sie einen Kolben von Blättern und Fäden – Achtung: Bauern sehen den Gemüseklau gar nicht gerne, also nicht erwischen lassen! – und gönnen Sie sich unter freiem Himmel, umgeben von all der Phalluspracht, ein nettes Soloschäferstündchen.

Tipp: Natürlich können Sie die Kolben vorher gut abreiben oder abwaschen. Besser ist es aber, ihnen ein Kondom überzuziehen. In den kleinen Ritzen zwischen den Körnern kann sich das eine oder andere Krabbeltierchen verstecken, das Lust auf ein neues Zuhause hat.

Lauch

Der Lauch lässt vor allem an Länge nichts zu wünschen übrig und kann durchaus auch mit seiner Breite überzeugen. Und geben wir Frauen es doch zu: Ein paar Zentimeter mehr sind besser als ein paar Zentimeter weniger, nicht wahr? Demnach scheint Lauch – auch Porree genannt – ein netter Weggefährte bei erotischen Alleingängen, wäre da allerdings nicht seine Schärfe. Die kommt der von Zwiebeln gleich und treibt einem somit beim Schneiden schnell die Tränen in die Augen.

Tipp: Befreien Sie den Lauch zuerst von seinen kleinen Wurzeln und stülpen Sie ihm dann, von der Wurzelseite aus, ein Kondom über. So vermeiden Sie es, dass der scharfe Saft des Lauchs sich mit Ihren Körperflüssigkeiten vereint und das lustvolle Treiben sehr schmerzhaft beendet.

Rettich

Achtung, meine Damen! Der Lauch ist nicht der einzige äußerst scharfe Vertreter im Gemüseregal. Kollege Rettich blendet ebenfalls mit seiner Form und Größe, doch bitte fallen Sie nicht auf ihn herein. Mag es auch mühevoll sein, mitten im Geschehen noch einen klaren Gedanken zu fassen – tun Sie es trotzdem! Lassen Sie den Rettich nicht ohne Kondom an sich heran.

Tipp: Wenn Ihnen das untere Ende des Rettichs zum Einführen zu dünn ist, schneiden Sie die Spitze einfach bis zu der Stelle ab, an der der Rettich mehr an Breite zulegt. Damit keine Ecken und Kanten stören und sich das Kondom – ja, bitte daran denken! – gut überziehen lässt, können Sie sich das neue Ende mit einem Küchenmesser rund zurechtschnitzen.

Optisch besonders ästhetisch und unverkennbar ein wirklich hübsches Phallusobjekt ist natürlich der Spargel. Warum er aber bestimmt keine befriedigenden Dienste leistet, liegt in der Natur der Dinge – er ist einfach zu dünn geraten. Doch den Einkaufswagen aus der Obst- und Gemüseabteilung ein paar Meter weitergeschoben, finden sich noch mehr schmackhafte Freudenspender …

Schokoriegel

Ohne irgendwelche Namen von Schokoriegeln zu nennen und mir damit womöglich den Ärger der Schokoladenindustrie einzuheimsen, empfehle ich Ihnen, meine Damen, einfach die XXL-Varianten einiger Riegel. Etliche Anbieter haben die Leckerbissen für den kleinen Hunger zwischendurch ordentlich vergrößert, so dass sie jetzt durchaus auf etwa 15 Zentimeter Länge kommen. Allerdings sind in diesem Fall Länge und Breite fast zweitrangig. Viel wichtiger ist: Aufgrund der Körpertemperatur schmilzt ein Schokoriegel in den Händen und auch im Körper, so dass Sie sich nach dem Erforschen Ihrer intimsten Zonen genüsslich die Finger lecken können.

Tipp: Sollten Sie sich den Schokoriegel einverleibt haben – und damit meine ich nicht oral –, können Sie sich zwar gleich danach waschen, doch nicht selten läuft auch später noch das eine oder andere Schokotröpfchen heraus und hinterlässt im weißen Slip verdächtig braune Spuren. Wollen Sie sich dafür nicht die argwöhnischen und wahrscheinlich leicht angeekelten Blicke Ihres Partners, der WG-Mitbewohner oder Kinder zuziehen, waschen Sie den Slip umgehend oder nehmen nach dem süßen Selbstvergnügen ein ausgiebiges Bad.

Planen Sie übrigens ein besonders ausgiebiges, möglicherweise stundenlanges Solovergnügen, stülpen Sie dem Riegel lieber ein Kondom über – gerade wenn es sich um ein Exemplar mit Erdnüssen oder Flakes handelt. Es wäre doch zu unangenehm, mitunter schmerzlich, wenn der Schokoladenüberzug schmilzt und sich das Knusperzeug in Ihrem Inneren verselbstständigt.

Salami & Co

Naturgetreuer geht es fast nicht: Auch wenn Fleisch nicht gleich Fleisch ist, haben manche Würste arge Ähnlichkeit mit den armen Selbigen, die sich in den Hosen einiger Männer verstecken. Allerdings können Sie, meine Damen, ein Wiener Würstchen noch solange rubbeln – es wird nicht härter.

Sollten Sie also bei Ihren lustvollen Spielchen nicht auf wahres Fleisch verzichten wollen, treffen Sie vorher die richtige Wahl. Denn Wurst ist nicht gleich Wurst! Auch wenn Sie die lange Warteschlange an der Frischtheke abschrecken sollte, stellen Sie sich bitte trotzdem brav an, statt vor lauter Ungeduld ins Regal zu greifen. Die Würstchen, die dort in Gläsern verpackt und im Saft schwimmend auf Käufer warten, sind viel zu weich, als dass sie größeren Aktionen standhalten könnten. Also bitte, dringend die Finger davonlassen!

Besser sind Dauerwürste wie Salami, die besonders hart sind und somit nicht auf halber Strecke einknicken.

Tipp: Auch wenn beispielsweise Pfeffer- und Knoblauchsalami ihrem Geschmack etwas voraushaben – bei erotischen Spielereien sind sie mit Vorsicht zu genießen. Denn pikant und ziemlich scharf, können die Würstchen durchaus zu Reizungen führen. Gleiches gilt übrigens für Dauerwürste mit Zwiebelkruste. Daher diesen Freudenspendern entweder ein Kondom überziehen oder nur auf die Naturvariante zurückgreifen.

Wein, Bier & Mineralwasser

Und wieder lässt sich Nützliches mit Angenehmem verbinden. Denn primär geht es nicht um Wein, Bier oder Mineralwasser, sondern um die Gefäße, in denen sich die Getränke befinden – um Flaschen. Also erst prosit und danach ein weiteres Vergnügen genießen. Doch ebenso, wie ein guter Wein reine Geschmackssache ist, gestaltet sich auch der Einsatz von Flaschen bei der Selbstbefriedigung zu einer sehr individuellen Angelegenheit. Mit ihren zumeist sehr dünnen Hälsen und dem dicken Flaschenboden, treffen Sie nicht bei allen Frauen auf Zustimmung. Müssen sie aber zum Glück auch nicht. Denn wie bereits erwähnt: Wir Frauen haben die Qual der Wahl, was das passende Spielzeug betrifft, und wem da das eine nicht gefällt, der greift zum anderen.

Tipp: Achtung, all meine Damen, die Sie liebevoll an der Flasche hängen: Damit beim Einführen kein Unterdruck entsteht und die Flasche unkontrolliert in Ihr tiefstes Inneres flutscht, schrauben Sie den Verschluss zu. Ist der Deckel nicht mehr griffbereit, bohren Sie ein kleines Loch in den Flaschenboden. Zudem versteht sich von selbst, dass Sie nur Flaschen verwenden, die absolut sauber sind und keine Absplitterungen haben. Sonst besteht höchste Infektions- und Verletzungsgefahr.

Dos and Don'ts

Und, haben Sie schon Ihre Wahl getroffen und das passende Sextoy für sich gefunden? Bevor Sie es zum Einsatz kommen lassen, schnell noch einmal die wichtigsten Ratschläge zusammengefasst:

Übertreiben Sie es nicht gleich. Fangen Sie klein an, zum Beispiel mit einer Möhre, bevor Sie nach einigen Malen zu einer Aubergine oder Flasche übergehen. Machen Sie sich erst einmal vertraut mit derartigen Sextoys und testen Sie nach und nach aus, was Ihnen Spaß bereitet.

Achten Sie darauf, dass Obst beziehungsweise Gemüse nicht gespritzt sind. So vermeiden Sie es, dass Pestizide zurückbleiben und möglicherweise für Infektionen sorgen. Ganz auf Nummer sicher gehend, stülpen Sie aber auch ungespritztem Obst oder Gemüse eine Kondom über. Ungeschälte Früchte sollten vor dem Gebrauch auch immer gut abgewaschen werden.

Benutzen Sie niemals einen der genannten Freudenspender nach dem analen Gebrauch für das vaginale oder orale Liebesvergnügen! Die Infektionsgefahr ist zu groß. Bevor Sie also den Einführort wechseln, waschen Sie bitte den Glücksbringer gründlich ab. Geschältes Gemüse, beispielsweise Gurken oder Möhren, können sie auch noch einmal abschälen.

Alarm! Sollte sich beispielsweise eine Aubergine verselbstständigen und in Ihnen verschwinden, bleiben Sie ruhig. Geraten Sie bitte nicht in Panik! Legen Sie sich aufs Bett oder setzen Sie sich zum Beispiel auf die Toilette, spreizen Sie die Beine weit auseinander und entspannen Sie sich. Nur so wird die Muskulatur locker und Sie können das entwischte Gemüse mit den Fingern wieder vorsichtig herausziehen. Alternativ können Sie versuchen, das Gemüse wie bei einer Geburt herauszupressen.

Freudenspender aus dem Haushaltswarenladen

Vorschnelle Verurteilungen sind nie ratsam. Daher empfiehlt es sich auch nicht, voreilig zu glauben, Hausfrauen würden ein tristes Dasein führen. Tagtäglich putzen, waschen und die Wohnung ordentlich halten – mag sein, dass sie das alles wirklich tun. Doch wer weiß denn schon genau, was sie hinter verschlossenen Türen tatsächlich anstellen? Schließlich gibt es so einige Haushaltshelfer und -utensilien, die zu mehr zu gebrauchen sind, als auf den ersten Blick erkennbar ist.

Ich spreche von Kerzen, Wärmflaschen, Besenstielen und Pinseln. Aber langsam und alles der Reihe nach, nur so viel sei bereits an dieser Stelle erwähnt: Lassen Sie, liebe Leserin, den Kopf nicht hängen, falls Sie aufgrund von Krankheit das Haus nicht verlassen können. Werden Sie auch nicht missmutig, wenn der Frühjahrsputz ansteht. Starten Sie lieber zu einem Streifzug durch die eigenen vier Wände, und lassen Sie sich von der Flexibilität mancher Gebrauchsgegenstände lustvoll überraschen …

Kerzen

Ob als Beleuchtung für ein romantisches Abendessen oder als Lichtspender bei Stromausfall – Kerzen im Haus zu haben, ist kein Fehler. Zumal die stromsparenden und wärmenden Lichtquellen auch anderweitig eine gute Figur machen. Vor allem überzeugen sie durch ihre Größenvielfalt. Die Auswahl reicht von sehr dünnen Kerzen, die sich zum Beispiel für anale Freuden eignen, über die mitteldicke Ausführung bis hin zu Kerzen mit einem Durchmesser von zehn Zentimetern und mehr. Das Angebot der Längen ist ebenso prächtig.

Tipp: Was auf dem Tisch, besonders zur Weihnachtszeit, schön aussieht, hat bei erotischen Spielereien eher wenig zu suchen. Sprich: Lassen Sie die Finger von Kerzen mit aufgeklebtem Glitter. Nicht nur, dass dieser im Körperinneren festkleben würde, er kann zudem allergische Reaktionen auslösen. Am besten auch Finger weg von Duftkerzen inklusive Bienenwachskerzen. Sie können nie wissen, wie Ihr Körperinneres auf die Zusatzstoffe reagiert. Bevor es zu allergischen Reaktionen kommt, nehmen Sie besser einfarbige, unparfümierte und in einem Stück gegossene Kerzen.

Und nicht erschrecken: Durch die Körpertemperatur werden Kerzen weich und können sich verformen, das ist aber ganz unbedenklich.

Zahnbürste

Wie heißt es doch so oft: Es kommt nicht auf das Äußere an. Dieser Satz trifft auch auf eine Zahnbürste zu. Natürlich erfüllt sie zur Säuberung der Zähne alle Ansprüche und ist optisch passabel. Aber dass sie sich zudem als Sexspielzeug gut macht, ist erst einmal schwer zu glauben. Dünner Stiel mit ein paar kleinen Borsten am Kopf, was soll das schon bewirken, werden Sie sich vielleicht fragen. Ich sage es Ihnen gerne: Eine ganze Menge! Bei der Klitorisstimulation beispielsweise gibt es kaum etwas Besseres als die sanften Borsten einer Zahnbürste.

Mit einer Zahnbürste – noch besser mit einer elektrischen – lässt sich gezielt leichter oder härterer Druck auf die Klitoris ausüben. Zudem eignet sich das Gerät gut, um die äußeren und inneren Schamlippen zu massieren. Natürlich können Sie die Zahnbürste auch mit Ihrem Innersten vertraut machen, doch lassen Sie mich diesbezüglich dringend anmerken: Aus hygienischen Gründen sollten Sie für Ihre Zähne immer eine andere Bürste benutzen als für die Selbststimulation.

Tipp: Stülpen Sie der elektrischen Zahnbürste einen feuchten Waschlappen über und stimulieren Sie so Ihre Klitoris. Das ist etwas kuscheliger und gerade dann ratsam, wenn die Klitoris äußerst empfindlich auf Berührungen reagiert.

Haar- und Deospraydosen

Wenn Sie mich fragen, ist das eine durchdachte Masche der Kosmetikindustrie: Harmlos und scheinbar unwissend werden die Pflegeprodukte in die Regale verfrachtet und stehen dann dort, als seien sie das Unschuldigste, was es zu kaufen gibt. Dabei ist doch auf den ersten Blick zu erkennen, dass sich etliche Haar- und Deospraydosen sowie andere Beauty- und Hygieneartikel, wie zum Beispiel Zahnpastatuben, auch zu Solosexspielchen eignen, oder? Verpackungsform und -größe jedenfalls lassen keine Zweifel zu.

Bevor jetzt aber der Eindruck entsteht, ich würde mich über das große Warenangebot aufregen, will ich schnell ein dickes Lob loswerden: Liebe Erfinder dieser tollen Tuben und Dosen, ihr seid wunderbar! Dank dieser grandiosen Verpackungskreationen können wir Frauen uns etwas Gutes gönnen und kaufen, ohne dabei die bösen Blicke von verklemmten Mitbürgern auf uns zu ziehen. Herrlich, zumal sich die Produkte praktisch und wie selbstverständlich im Kulturbeutel verstauen lassen und sich so auch als perfekte Reisebegleiter und erotische Pausenfüller eignen.

Keine Frage, der Kauf eines Deos entpuppt sich also in zweierlei Hinsicht als dufte Sache und alles könnte so schön sein, gäbe es da nicht einen kleinen Haken: die Verschlüsse. Scheinbar hat sich noch nicht bis in die Erfinder-Etagen herumgesprochen, dass Verschlusskappen im Eifer des Gefechts stecken bleiben können. Allein die Vorstellung – ich hoffe, Sie haben es noch nicht selbst erlebt – treibt einem die Schweißperlen auf die Stirn: Man will sich etwas Gutes gönnen und plötzlich steckt die Kappe der Haarspraydose dort, wo nur ein Tampon festsitzen soll. Was vielleicht witzig klingen mag, erfordert in der Notfallsituation einen kühlen Kopf. Sollten Sie also in diese Bredouille geraten, legen Sie sich aufs Bett oder setzen Sie sich zum Beispiel auf die Toilette. Entspannen Sie sich, so dass sich die Muskulatur lockern kann, und spreizen Sie die Beine. Die Kappe lässt sich mit den Fingern wieder vorsichtig herausziehen.

Tipp: Um gar nicht erst in diese Misere zu kommen: Achten Sie auf Drehverschlüsse oder führen Sie sich die Tube beziehungsweise Dose verkehrt herum ein! Im Übrigen versteht es sich hoffentlich von selbst, dass sie das Freudenobjekt vor der Spielerei gründlich abwaschen.

Pinsel

Pinsel? Schauen Sie, liebe Leserin, jetzt bitte nicht fragend aus der Wäsche. Denken Sie lieber ein bisschen nach, denn ich bin mir ziemlich sicher, dass Sie dann bald wissen werden, wofür Pinsel perfekt geeignet sind. Egal ob buschiger Rasier- oder Puderpinsel oder der klassische Vertreter seiner Art aus dem Malergeschäft – die Hauptsache ist, dass das Exemplar ordentlich mit Borsten ausgestattet ist. So leistet der Pinsel in schneller Auf- und Abwärtsbewegung hervorragende Stimulationsarbeit an der Klitorisfront. Für welche Borstenhärte Sie sich entscheiden, hängt vor allem von der Empfindlichkeit und Erregbarkeit Ihrer Klitoris ab, so dass jede Frau ihre individuelle Wahl treffen sollte.

Tipp: Für Frauen, die eher der klitorale statt vaginale Orgasmus-Typ sind, eignen sich Pinsel hervorragend als Sextoy. Und das sind nicht wenige Frauen: Laut einer Umfrage des Internetmagazins *Glamour.com* im Oktober 2000 ist es sogar die Mehrheit der Frauen, insgesamt 62 Prozent. Also meine Damen, nichts wie ran ans Ausprobieren. Denn um an einen Pinsel zu kommen, brauchen Sie nicht einmal die Maler im Haus ...

Wärmflasche

Das bekannte Haushaltsutensil als ein erotisches Hilfsmittel zweiter Klasse einzustufen, nur weil es nicht der Phallusoptik entspricht, wäre grob fahrlässig. Denn eine Wärmflasche erfüllt gleich zwei Eigenschaften, die in einsamen Stunden äußerst angenehm sind: Sie wärmt und sie sorgt bei gekonnter Handhabung auch für ein wohliges Kribbeln in der Unterleibsgegend. Das gummierte Haushaltsutensil lässt sich recht schnell in ein Sextoy verwandeln: In die Wärmflasche füllen Sie lauwarmes Wasser ein, schrauben den Verschluss anschließend gut zu und drücken die Flasche dann sanft gegen den Schambereich. Je nach Lust und Laune können Sie sie stärker oder schwächer kneten.

Achtung: Bitte nehmen Sie wirklich lauwarmes Wasser und kein kochendes. Letzteres kann – sollte zum Beispiel der Verschluss einmal nicht richtig dicht sein – zu Verbrennungen führen.

Tipp: Das Gefühl, ein Gummipaket zwischen den Beinen zu

haben, törnt nicht jede Frau an. Falls auch Sie, liebe Leserin, die kuschelige Variante bevorzugen und gerade keinen passenden Überzug zur Hand haben, hüllen Sie die Wärmflasche in ein Handtuch. Ebenso können Sie ein Stück der Bettwäsche zwischen Ihren Körper und die Flasche legen.

Besenstiel

Stopp! Halt! Bevor Sie jetzt sofort entrüstet den Kopf schütteln, weil Sie mich missverstehen und meinen, Sie sollten sich gleich einen ganzen Besenstiel einverleiben – mitnichten. Davon rate ich in jedem Fall ab, auch wenn es wohl einen Eintrag im *Guinness Buch der Rekorde* zur Folge hätte. Probieren Sie es lieber in einer anderen Kategorie und geben dem Besenstiel eine Chance als erotisches Spielzeug, bei dem Sie selbst entscheiden können, wie viele Zentimeter Spaß machen. Natürlich eignet sich ein Besenstiel auch hervorragend zur analen Stimulation sowie einer kleinen Klitorismassage. Doch bitte daran denken: Vaginale und anale Befriedigung beziehungsweise Stimulation nicht sofort hintereinander praktizieren. Nach einer analen Rutschpartie steht für das Sexspielzeug erst einmal ein Waschgang an!

Tipp: Wenn Ihnen die Sache mit einem Stubenbesen zu unhandlich ist oder seine Länge Sie abschreckt, probieren Sie es zunächst einmal mit einem Handfeger aus. Der hat eine gute Stiellänge und ich bin mir ziemlich sicher, dass Sie sich eine kleine Pause beim Kehren der Wohnung verdient haben!

Ihr Exemplar hat einen Holzstiel? Sehen Sie ihn sich vor Verwendung genau an und prüfen Sie, ob sich Absplitterungen daran finden. Ist das der Fall, lassen Sie den Kameraden in der Ecke stehen, die Verletzungsgefahr wäre zu groß.

Dos and Don'ts

Bevor Sie zu einer Exkursion durch die eigenen vier Wände starten, hier noch einmal die wichtigsten Ratschläge zusammengefasst:

Lassen Sie sich nicht durch die Optik der Haushaltsgeräte irritieren. Auch Utensilien, die nicht in Phallusoptik daherkommen, können sich als erotisches Sextoy entpuppen.

Falls Sie mit einem Mitmenschen zusammenwohnen, seien Sie so nett und legen Sie die gesäuberten Hausutensilien nach dem Ausflug in die Erotikwelt wieder zurück an ihre ursprüngliche Stelle. So sparen Sie sich nerviges Nachfragen.

Natürlich gilt auch für die Spielzeuge aus den eigenen vier Wänden: a) nicht nach analem Vergnügen gleich vaginal fortfahren und b) nicht übertreiben. Bewahren Sie sich Steigerungsmöglichkeiten und probieren Sie nach und nach aus, was Ihnen gefällt.

Sextoys aus dem Fachhandel

Nur Perverse gehen da hin!
Nur frustrierte Singles besorgen sich Sextoys!
Nur notgeile Männer stöbern in der Videoauslage!
Nur bei wem es auf natürlichem Weg nicht klappt, kauft sich erotisches Spielzeug.
Sexshops ... da liegen doch überall benutzte Kondome herum!

Das sind fünf typische Vorurteile, die in den Köpfen vieler Menschen herumschwirren, sobald das Wörtchen Sexshop fällt. Schade, schade, schade und höchste Zeit, diesem Irrglauben ein Ende zu setzen. Denn die speziellen Spielzeugläden für Erwachsene haben Nützliches zu bieten. Zudem wäre es falsch, alle Sexshops über einen Kamm zu scheren. Wie in jeder Branche gibt es sicherlich auch einige schwarze Schafe unter diesen Geschäften, doch seit den Zeiten des Internets, da erotische Toys bequem und zudem unbeobachtet von zu Hause aus bestellt werden können, tut sich Gutes auf dem Sektor der Erotikboutiquen.

Bereits seit einigen Jahren rücken wir Frauen mehr und mehr in den Fokus der Betreiber. Gerade in Metropolen wie Berlin, München, Bremen, Hamburg oder Köln spezialisieren sich kleine, geschmack- und niveauvoll eingerichtete Sexhops auf die sexuellen Vorlieben der weiblichen Bevölkerung. Unter Namen wie zum Beispiel *Ladies First* und *For Ladies* bieten sie allerhand Sextoys für Frauen inklusive freundlicher Beratung. Und: Männer müssen zumeist draußen warten! Aber auch große Erotikhäuser wie *Beate Uhse* setzen verstärkt auf weibliches Begehren, präsentieren mehr und mehr sexy Dessous und befriedigendes Spielzeug für SIE.

All dies ist äußerst lobenswert, solche Trends sorgen dafür, dass unnötige Tabus langsam aus den Köpfen der Menschen verschwinden. Denn mal ehrlich: Wenn wir Frauen an einem Sexshop vorbeikommen, warum sollten wir verschämt wegschauen und vorgeben, wir hätten den Shop gar nicht gesehen und seien sowieso nicht neugierig, was es dort Schönes gibt? Ein derartiges Verhalten wäre vergleichbar mit einem Kleinkind, das am Schokoladenregal vorbeischlendert und so tut, als habe es die Leckereien nicht wahrgenommen und auch kein Interesse an Süßigkeiten.

Liebe Leserin, versuchen Sie einen Sexshop einfach als das anzusehen, was er ist – ein Dienstleistungsunternehmen, das Ihre Bedürfnisse stillen möchte. Wenn Sie also Lust auf erotisches Spielzeug verspüren, wird Sie das Personal selbstverständlich gerne beraten. Genauso wie Ihnen der Metzger das Fleisch verkauft, wenn Sie einen Braten machen möchten, und genauso wie Ihnen die Modeverkäuferin einen Pullover anbietet, wenn Sie nach neuer Kleidung suchen. Einsprüche wie: *Aber das ist doch gar nicht vergleichbar!* und: *Sex ist etwas Intimes!* sind berechtigt – doch hierzu möchte ich anmerken: Sie sollen in der Erotikboutique ja auch nicht gleich zur Sache kommen. Holen Sie sich nur ein paar Anregungen und vielleicht Hilfsmittel. Alles Weitere sollte dann tatsächlich lieber zu Hause in den eigenen vier Wänden geschehen.

In der Hoffnung, einen Großteil der Hemmungen abgebaut zu haben, gebe ich Ihnen nachfolgend einige Tipps, wie Sie bei der *Mission Sexshop* vorgehen sollten und worauf zu achten ist:

1. Alles eine Frage der Örtlichkeit!

Zwar wimmelt es in Bahnhofsnähe zumeist nur so von verschiedenen Sexshops, allerdings rate ich Ihnen gerade von solchen kleinen Läden eher ab. Der Grund ist das oftmals unsympathische Publikum, das sich gerne am Bahnhof herumtreibt und nicht selten auch in den Erotikläden vorbeischaut. Besuchen Sie, meine Damen, daher lieber allseits bekannte Erotikkaufhäuser wie zum Beispiel die von *Beate Uhse*. Da das Motto: *Sex sells* auch in den Medien gilt und jeder kleinste Skandal, wie unsaubere Kabinen oder schlechter Service, ein gefundenes Fressen für die Presse ist, achten besonders große Erotikfirmen peinlichst auf ihr bekanntes Image. Mehr als andere zeichnen sie sich somit durch höfliche, fachmännische Beratung und Sauberkeit aus.

Alternativ dazu gibt es wie erwähnt die wirklich empfehlenswerten Erotikboutiquen speziell für Frauen. Die Adressen finden Sie im Telefonbuch und oftmals lässt sich schon nach einem vorherigen Telefonat abschätzen, ob einem die Boutique beziehungsweise das Personal sympathisch ist oder nicht. Apropos: Bei schmuddeligen Verpackungen, mürrischen Verkäufern und blöden Bemerkungen von der Sorte: *Ich helfe gern beim Ausprobieren*, sollten Sie in jedem Sexshop sofort auf dem Absatz kehrtmachen.

2. Zu zweit macht's mehr Spaß – und gibt Sicherheit!
Falls Ihnen alleine der Mumm fehlt, machen Sie die Angelegenheit doch zu einem Fall für zwei. Bestimmt haben Sie im Bekanntenkreis eine Freundin – es muss gar nicht einmal die beste sein –, mit der Sie sich vorstellen können, einen Sexshop zu besuchen. Haken Sie doch einmal beiläufig nach, ob die Gute schon einmal in einem Sexshop war und/oder nicht vielleicht neugierig auf eine kleine Einkaufstour wäre. Sie können ruhig erwähnen, dass Sie mit dem Gedanken spielen, in solch einer Boutique vorbeizuschauen. Nur keine Hemmungen. Etliche Frauen würden gerne einen Vibrator in ihrer Nachttischschublade haben, doch trauen sich einfach nicht. Gehen Sie daher in die Offensive. Falls Sie Ihre Bekannte falsch eingeschätzt haben und die Dame fällt vor Schreck fast vom Stuhl, können Sie

a) betonen, dass Sie nichts Schlimmes an Sexshops finden und alleine shoppen gehen;
   (Wahrscheinlich werden Sie den Laden mit einer langen Liste an Wunschobjekten von genau dieser Freundin und anderen betreten. Schließlich spricht sich so einiges herum und besagte Dame wird anderen Geschlechtsgenossinnen von Ihrem Vorhaben erzählen.)

b) sagen, dass ja alles nur ein Witz war;
c) sich nach einer anderen Freundin umschauen, die für dieses Vorhaben geeignet ist. Da sollte sich doch jemand finden lassen ...

3. Nehmen Sie sich Zeit

Einmal drin, im Sexshop, sollten Sie nichts überstürzen. Schauen Sie sich in Ruhe um. Lassen Sie sich dabei auch nicht von anderen Käufern irritieren. Tauchen Sie ein in die Welt der Erotik und lassen Sie sich von dem Angebot inspirieren. Falls Ihnen die Sexartikel jedoch nicht zusagen, kaufen Sie bitte nicht irgendetwas aus der Not heraus. Sie werden sich zu Hause nur darüber ärgern. Denn können sonstige Fehlkäufe zur Not anderweitig verschenkt werden, ist das mit Sextoys schon etwas schwieriger ...

4. Zwischen Schein und Sein

Etliche Sexshops gestalten heutzutage ihre Schaufenster wie alle anderen Geschäfte und präsentieren dort bereits die Ware. Häufig lässt sich das Ladeninnere durch die Scheibe ein wenig einsehen und damit einschätzen. Im Gegensatz zu Erotikboutiquen, deren Fenster mit schwarzer Folie abgeklebt sind, wissen Sie, was Sie in den offeneren Sexhops zu erwarten haben.

Wenn Sie sich trotz meiner gut gemeinten Tipps noch nicht in einen Sexshop trauen, surfen Sie doch einmal im Internet. Bevor Sie über eine Suchmaschine auf eine der vielen unseriösen Websites gelangen, schauen Sie auf der Homepage bekannter Versandhäuser, zum Beispiel von *Otto* oder *Quelle*, vorbei. Auch dort gibt es neben Möbeln, Kleidung, Schmuck,

Haushaltsgeräten und Kinderspielzeug die netten unterhaltsamen Toys für Erwachsene. Nach Bestellung werden die Artikel neutral verpackt direkt zu der von Ihnen angegebenen Adresse geschickt.

Falls Sie bereits überlegen, mit welchen erotischen Kleinigkeiten Sie gerne einmal in Kontakt treten würden – nachfolgend habe ich die wichtigsten Informationen zu den gängigsten und bekanntesten Toys zusammengefasst.

Vibratoren

Hintergrund:

Frauenträume werden wahr: Kein langes Lutschen, kein anstrengendes Rubbeln und Reiben, kein Warten, kein Bitten, kein Zittern und Bangen, ob es denn wohl aufwärts gehen wird. Nein, das ist alles nicht nötig. Ein Vibrator steht – immer und ohne den manchmal lästigen Anhang an Mann, der viel zu oft zu schnell kommt! All dies inklusive stressbedingten Durchhängern kennt der Vibrator nicht und genau das macht ihn zu jeder Tages- und Jahreszeit zu einem zuverlässigen Werkzeug in Sachen Selbstbefriedigung. Variationsreich im Material, bestehen Vibratoren zum Beispiel aus flexiblem Silikon, Latex oder harten Kunststoffen und sie kommen größentechnisch als Mini- oder Maxihammer daher. Es gibt sie im Naturlook – sprich: erigierte Penisse lassen grüßen –, aber auch in Fantasieformen, als Miniaturdelfine zum Beispiel. Farbenfroh in Pink oder lieber doch hautfarben (ein Tuschkasten ist nichts gegen die bunte Auswahl), werden die standfesten Luststäbe batterie- oder netzbetrieben, können unterschiedlich schnell vibrieren, rotieren teils um die eigene Achse und sind je nach Modell und Vorlieben zusätzlich mit kleinen Klitorisstimulatoren ausgestattet. Klingt nicht schlecht, oder?

Demnach wäre es leicht zu glauben, der Vibrator sei auch als Sexspielzeug erfunden worden. Doch das ist falsch. Vielmehr kam der heutige Freudenspender in seinen Anfängen, Mitte des 19. Jahrhunderts, vor allem als Heilmittel gegen Müdigkeit, Tuberkulose und ungesunde Blässe zum Einsatz. Auch war er ein probates Hilfsmittel zur Bekämpfung von Hysterie, die lange Zeit als Zeichen für Frigidität galt, und man befürchtete, dass durch sie der Fortbestand der Menschheit bedroht sei. Um also hysterische Frauen zu heilen und zum Sex gefügiger zu machen, bekamen die betroffenen Damen von den Medizinern eine Vaginalmassage per Hand, bis sie einen Orgasmus hatten.

Bitte glauben Sie aber nicht, liebe Leserin, dies sei für die behandelnden Ärzte wahre Freudenarbeit gewesen. Im Gegenteil: In einigen Fällen gestaltete sich die Handarbeit zu einer sehr zeitraubenden und unangenehmen Behandlung. Der Vibrator war eine logische Folgerung aus der Unzufriedenheit der Mediziner und bereits 1869 ließ sich der amerikanische Arzt George Taylor seine Erfindung patentieren. Zur Zeit der folgenden Jahrhundertwende wurde der Vibrator zum Haushaltsutensil, das in Frauenmagazinen beworben wurde – jedoch nicht als Sextoy oder Hilfsmittel für die Masturbation. Die war ein unausgesprochenes Tabu, obgleich doch jede Frau um die Vorzüge des vibrierenden Etwas wusste, und so fungierte der Vibrator vielmehr als Zauberstab gegen Müdigkeit.

Erst in den 60er Jahren emanzipierte sich der Vibrator zum anerkannten Sexspielzeug und ist seither ganz offiziell eines der gebräuchlichsten Sextoys. Selbst über bereits erwähnte, große Versandhäuser wie *Quelle* oder *Otto* sind die erotischen Phallusobjekte zu bestellen. Laut der *Sex Studie 2003* der Zeitschrift *Cosmopolitan*, für die insgesamt 1057 Männer und Frauen befragt wurden, weiß die Hälfte aller Frauen einen Vibrator auch luststeigernd einzusetzen. Und falls Sie, liebe Leserin, nicht zu diesen 50 Prozent gehören, schnell weiterlesen – in Ihrem eigenen Interesse …

Handhabung:
Es wäre viel zu schade, den Vibrator nur für ein schnelles und direktes Einführmanöver zum Einsatz kommen zu lassen. Dieses Sextoy kann mehr! Also machen Sie es sich bequem, auf dem Sofa, im Bett, auf dem Autositz, wo immer Sie wollen, lassen Sie Ihrer Fantasie freien Lauf und greifen Sie zum Vibrator. Behandeln Sie das Sextoy nicht wie einen unliebsamen Ersatz. Statt den Vibrator also womöglich leicht angewidert mit nur zwei Fingern festzuhalten, schenken Sie ihm Aufmerksamkeit und nehmen Sie ihn ganz in Ihre Hand. Nur so können Sie den Vibrator gut steuern und nur so wird er Ihnen befriedigende Dienste leisten. Sein elektronisches Surren kann für manche Frauen ein nerviger Nebeneffekt sein. Für alle, die sich beim Dauerbrummen nur schwerlich entspannen können, gibt es deshalb Modelle mit besonders leiser Vibration.

Einmal im Sexshop vorbeigeschaut, wird deutlich, dass einige Männer zwar viele Zentimeter bieten können, bestimmt aber kaum einer der Herren an die Maße der käuflichen Kollegen herankommt. So gibt es Penis-Doubles mit einem Durchmesser von circa fünf Zentimetern und einer Länge von über 30 Zentimetern. Doch bitte lassen Sie, liebe Leserin, sich von den XXL-Vibratoren nicht verführen, sondern belassen es gerade als Newcomerin in der Toybranche beim bloßen Bestaunen. Vier Zentimeter Durchmesser sind wirklich ausreichend, ebenso eine Länge von etwa 17 bis 20 Zentimetern. Schließlich geht es um sexuelle Lust, und die kommt nicht auf, wenn der

Vibrator nur mit Schmerzen eingeführt werden kann. Wollen Sie aus lauter Neugierde trotzdem einmal eine XXL-Ausgabe der Freudenstäbe testen, denken Sie daran, ihn mit Gleitmittel einzureiben.

Übrigens: Es ist Unsinn und nur ein Vorurteil der Unwissenden, dass durch den ständigen Gebrauch eines Vibrators die Nervenenden an der Klitoris geschädigt werden. Manchmal kommt es bei einigen Frauen zu einem kurzzeitigen Taubheitsgefühl, doch das Empfindungsvermögen kehrt schnell wieder zurück.

Höhepunkte:
Vibratoren, besonders die mit rotierender Spitze, eignen sich übrigens hervorragend zur erotischen Massage des gesamten Körpers. Dieses Sextoy kann also auch für ein Vorspiel eingesetzt werden. Lassen Sie sich Zeit, streicheln Sie mit dem Vibrator die Innenseiten Ihrer Schenkel, stimulieren Sie Ihre Klitoris, berühren Sie Ihre Brüste, und wenn Ihnen danach ist, verpassen Sie dem Vibrator auch einen Blow Job. Tun Sie das, was Sie wollen und experimentieren Sie. Der Vibrator nimmt Ihnen nichts übel. Er steht und steht und steht …

Dildos

Hintergrund:
Die über jahrtausendelange Geschichte lässt keine Zweifel aufkommen: Der Dildo ist ein echter Gentleman unter den erotischen Gerätschaften und weiß, wie er die Damenwelt verzückt. Bereits vor etwa 5000 Jahren peppte er als Tonausführung bei den alten Ägyptern das Liebesspiel auf und wurde – wie könnte es anders sein – zur Selbstbefriedigung verwendet. Den alten Griechen waren die Luststäbe ebenfalls keine unbekannte Ware.

Im Gegenteil: Die so genannten *Olisbos* bestanden aus poliertem Holz oder Leder und waren gern benutzte Freudenbringer. Somit gilt der Dildo als das traditionellste Sexspielzeug. Denn auch bei frühen afrikanischen Stämmen, vermuten zumindest Archäologen, waren die Kunstpenisse besonders beliebt, und zwar als Witwen-Tröster.

Wie der Dildo jedoch zu seinem heute geläufigen Namen kam, ist nicht ganz geklärt. Im 18. Jahrhundert tauchte der Begriff zum ersten Mal auf. Eine Vermutung ist, dass er aus dem Englischen abgeleitet und auf das Wort *delight* (Entzücken) oder *dilate* (erweitern) zurückzuführen ist. Damals wurde der Dildo vor allem auch als medizinisches Gerät verwendet – zur Erweiterung der Vagina vor einer Geburt.

Letzteres ist mittlerweile Geschichte. Schon seit etlichen Jahrzehnten wird der Dildo ausschließlich als lustvoller Begleiter bei der Selbstbefriedigung eingesetzt und besteht zumeist aus Gummi, Vinyl, Latex oder Silikon. Manche dieser erotischen Massagestäbe sehen aus wie kleine Kunstobjekte (eine tauchende Frau, ein springender Delfin), und wer es luxuriös liebt, bekommt seinen Dildo sogar aus Messing, Silber oder gar Gold.

An seinen körperlichen Einsatzorten hat sich jedoch seit den Zeiten der alten Griechen und Ägypter nicht viel geändert. Die Dildos der Neuzeit leisten noch immer hervorragende Liebesdienste und sind zwischen etwa neun bis 30 Zentimeter lang sowie circa drei bis sechs Zentimeter dick. Mitunter also stattliche Maße, die Sie, liebe Leserin, sich aber nicht unbedingt einverleiben sollten.

Handhabung:
Im Gegensatz zu Vibratoren werden Dildos ausschließlich manuell bedient. Also kein hektisches Suchen nach neuen Batterien, kein Gefummel an der Steckdose und kein nerviges Gesurre.

Dem Dildo reicht eine gesunde Hand, die ihn sanft, aber kraftvoll packt und ihn führt. Apropos: Die oftmals biegsamen Dildos können natürlich sowohl zur vaginalen als auch analen Stimulation eingesetzt werden. Demnach können Sie bei der Selbstbefriedigung selbstverständlich auch zwei der standhaften Exemplare gleichzeitig zum Zuge kommen lassen.

Der Clou sind übrigens Dildos, die sich per Saugeffekt an glatten Stellen befestigen lassen. Nicht nur, dass sie sich so in Badezimmer und Küche hervorragend als äußerst frivole Handtuchhalter machen – auf der Sitzfläche eines Stuhls angebracht, werden mit den frei stehenden Dildos auch nette erotische Alleingänge Wirklichkeit: Nehmen Sie Platz und damit den Dildo in sich auf, und erinnern Sie sich an das aus Kindertagen bekannte Spiel Hoppe-hoppe-Reiter. In dieser Position haben Sie Ihre Hände frei und können sich zärtlich streicheln. Doch leider klingt das vielversprechender, als es in der Realität oftmals der Fall ist. Der Grund sind die Wackelkandidaten, die es mit der starken Saugfähigkeit nicht ganz so genau nehmen und schnell den Halt verlieren. Daher unbedingt auf Qualität achten und den Dildo am besten bereits im Geschäft auf seine Standfestigkeit testen: Drücken Sie das Sextoy auf einen glatten Gegenstand, so dass es sich ansaugt, ziehen Sie dann daran und bewegen es mit der Hand hin und her. Nur keine Hemmungen! Der Verkäufer beziehungsweise die Verkäuferin wird über Ihr Wissen staunen und Ihnen als *Professionelle* bestimmt keine schlechte Ware andrehen.

Höhepunkte:
Zwar gibt es mittlerweile auch wasserdichte Vibratoren, doch bei den Standardausführungen geben die Batterien im Wasser schnell den Geist auf und reagieren mit unschönen und nicht ungefährlichen Rostanfällen. Nicht so der Dildo. Mit ihm können Sie bedenkenlos Abtauchen und sich in der Badewanne oder unter der Dusche ein feuchtfröhliches Vergnügen gönnen. Ganz nach dem Motto: *Dildos statt Quietschentchen!* hält der manuell betriebene Luststängel jeder Planschaktion stand.

Also, vergessen Sie den Alltagsstress und genießen Sie ein paar erholsame Minuten: Schaffen Sie im Badezimmer eine romantische, entspannende Atmosphäre, zünden Sie Kerzen an, gönnen Sie sich ein Glas Champagner oder Wein, lassen Sie das Badewasser einlaufen, steigen Sie in das wohlige Warm und gehen dann mit dem Dildo auf erotische Entdeckungstour. Natürlich ist auch mit diesem Sextoy ein erotisches Vorspiel möglich. Streicheln Sie mit dem Dildo über Ihren Körper, umspielen Sie Ihre erogenen Zonen, bevor der Dildo ganz auf Tauchstation gehen darf.

Geishakugeln

Hintergrund:
Festlicher Weihnachtsschmuck, Riesenmurmeln oder doch gewöhnliche Boulekugeln? Zugegeben: Geishakugeln, auch bekannt als chinesische Glocken, Rinnotama oder als Liebeskugeln, offenbaren nicht gleich ihr wahres Gesicht. Gut und gerne gehen sie auch als zuvor genannte Alltagsutensilien durch – natürlich nur als Notlüge, bei nervigem Nachfragen von Neugierigen. Denn tatsächlich handelt es sich bei den etwa drei bis vier Zentimeter großen, runden Dingern um ein seit

etlichen Jahren gängiges Sextoy. Es wird übrigens aus Kunststoff, Silikon, Latex oder Metall hergestellt.

Geishakugeln bestehen aus zwei Bällen, manchmal auch aus drei oder sogar vier, die durch ein Band miteinander verbunden sind. Sie sind bekannt dafür, das Scheideninnere angenehm zu massieren und gelten zudem als Trainingsgerät für die Beckenmuskulatur. Das mag zunächst wahrlich nicht nach prickelnder Erotik klingen, doch die runden Lustbringer können noch mehr: Sie stimulieren auch den Intimbereich. Im Innern eines jeden großen Balls befindet sich mindestens eine kleine schwere Kugel. Diese rollt bei Bewegungen hin und her und erzeugt so erregende Schwingungen.

Übrigens: Bei japanischen Geishas waren die Liebeskugeln der absolute Geheimtipp. Die Damen steckten sie sich in die Vagina, um die Spannkraft ihrer inneren Genitalmuskulatur zu trainieren. Stunden später und ohne Kugeln sorgten sie bei Herren, die von ihnen mehr als einen Tee wollten, für Begeisterung.

Handhabung:
Optisch machen die Bälle wirklich etwas her, zumal es sie mittlerweile in richtig netten Designausführungen gibt, zum Beispiel in Gold, Silber oder kunstvoll gemustert, und sie nicht gleich in streckenweise penetrant wirkender Phallusoptik daherkommen. Leider aber bescheren sie der Trägerin selten einen Orgasmus. Sie deswegen aber als Toy zweiter Klasse abzustempeln, wäre voreilig. Schließlich schwören einige Frauen auf die stimulierende Schwingbewegung und steigern mit den Liebeskugeln ihre sexuelle Lust. Also am besten ausprobieren und nichts wie rein mit den runden Dingern – in die Vagina versteht sich – und sich auf Schritt und Tritt verwöhnen

lassen. Falls die Kugeln nicht richtig rutschen, empfiehlt sich Gleitmittel.

Tipp: Achten Sie beim Kauf darauf, dass das Rückholbändchen fest und stabil sowie mit Silikon überzogen ist. So kann es nach jedem Gebrauch gründlich mit heißem Wasser und etwas Seife gereinigt werden. Das verhindert die Übertragung von Pilz- oder anderen Infektionskrankheiten und ist übrigens auch der Grund, warum Liebeskugeln nach einigen Stunden wieder herausgenommen werden sollten.

Höhepunkte:
Beim drögen Geschäftsmeeting, auf der öden Familienfeier, beim Autofahren, im Kino, beim ersten Date – eines muss man den Bällchen lassen: Unsichtbar verrichten sie erregende Arbeit und sind damit im Gegensatz zu Dildo oder Vibrator ein unaufdringlicher Begleiter in alltäglichen Lebenslagen. Und genau das kann für Sie, liebe Leserin, zum ultimativen Kick werden. Führen Sie sich die Kugeln ein und genießen Sie, für andere unbemerkt, erotische Momente. Allein diese Heimlichkeit kann für prickelnde Schauer sorgen.

Tipp: Bevor Ihnen die Schamesröte ins Gesicht steigt, weil Sie glauben, jemand habe die unterhalb Ihrer Bauchdecke herumrotierenden Bällchen gehört – es gibt extra leise Liebeskugeln.

Butterflies & Shells

Hintergrund:
Kurz im Übersetzungsbuch geblättert, werden Sie schnell wissen, dass Butterfly zu Deutsch Schmetterling heißt und Shell Muschel bedeutet. Beide sehen auch ähnlich wie ihre Namensgeber aus (die Butterflies wie kleine Schmetterlinge und die

Shells wie Muscheln) und sind Sextoys, die durch Vibration vor allem den äußeren Scheidenbereich, sprich: Venushügel, stimulieren. Zumeist sind sie batterie- oder netzbetrieben und bestehen aus Plastik oder auch weichem Latex.

Handhabung:
Die kleinen, im Schnitt zwölf Zentimeter breiten Butterflies werden mithilfe von Gummibändern direkt unter dem Slip am Körper getragen. Ähnlich funktioniert es auch mit den stimulierenden Shells. Die meisten von ihnen sind jedoch darüber hinaus mit einem Minidildo ausgestattet, der für Halt sorgt. Zwar kann der integrierte kleine Motor auf Hochtouren kommen und für wohliges Kribbeln sorgen, aber erwarten Sie bitte nicht das achte Weltwunder von diesen Toys. Allein schon das Hin-und-her-Rücken, um Butterfly oder Shell in Form zu bringen, kann manchmal jede erotische Stimmung zunichte machen: Bei Butterflies ist das mit dem Bändchen so eine Sache, bei den Shells rutscht der Minidildo im Eifer des Gefechts immer mal wieder gerne heraus.

Höhepunkte:
Auch wenn Butterfly und Shell in Sachen Stimulation vielleicht noch ein wenig zu wünschen übrig lassen, in einem sind sie top: Unsichtbar für andere verrichten sie ihren Job und das kann für den nötigen Kick sorgen. Egal ob im Bus, im Zug, im Auto, im Kaufhaus, in der Disco, bei der Betriebsfeier, auf dem Familienfest oder im Kino – Butterflies und Shells begleiten Sie gerne überallhin. Und während Freunde oder Kollegen sich gerade langweilen, erleben Sie ein paar erotische Momente.

Lustfinger

Hintergrund:

Was auf den ersten Blick tatsächlich ein wenig aussieht wie ein XXL-Fingerhütchen aus Mutters Nähkästchen, entpuppt sich als nettes erotisches Spielzeug. Denn die fingergroßen Überzieher, beispielsweise aus Gummi oder Latex, sind zumeist angereichert mit Noppen, Rillen oder Stacheln – selbstverständlich auch aus Gummi. So dienen sie einer anderen Art von Handarbeit.

Handhabung:

Übergestülpt über einen Ihrer Finger, natürlich können Sie sich auch gleich mehrere Finger mit den Toys ausstatten, sind die Gummiüberzieher zur vaginalen und analen Stimulation geeignet. Probieren Sie dabei selbst aus, mit welcher Intensität Sie Ihre Klitoris reiben. Sie selbst entscheiden, was wie geschehen soll.

Höhepunkte:

Stört Sie, liebe Leserin, das direkte Gefühl von Gummi? Falls dies der Fall sein sollte, Sie aber nicht auf die Fingerlinge verzichten möchten, lassen Sie den Slip an. Stimulieren Sie die Klitoris durch den Stoff. Auch das kann sehr erregend sein.

Dos and Don'ts

Kribbelt es schon? Ich meine, ja, vielleicht auch nur in den bisher nackten Fingern, die dringend zum Aussuchen und Kaufen starten möchten. Sicher werden Sie bei einem Besuch in einem Sexshop noch viele weitere erregende Sexutensilien finden. So gibt es zum Beispiel spezielle Analvibratoren, oder auch Massagegeräte, die mit den verschiedensten Aufsätzen gezielt mal Klitoris, mal Busen oder mal G-Punkt stimulieren. Für alle diese Sextoys habe ich die wichtigsten Ratschläge zusammengefasst. Schließlich wollen Sie doch eine lange und befriedigende Beziehung miteinander führen, nicht wahr?

Das Spielzeug sollte nach jedem Gebrauch gereinigt werden – auch wenn nur Sie es verwenden. In den meisten Fällen reichen hierzu warmes Wasser und etwas milde Seife. Da sich bei der Lagerung auch schnell einige Staubpartikel auf dem Toy niederlassen, empfiehlt es sich, auch vor der Benutzung das Spielzeug kurz abzuwischen. Achtung: Bei der Reinigung darf kein Wasser in das Batteriefach kommen. Daher nie den Vibrator oder Ähnliches auf Tauchgang schicken.

Nach dem Gebrauch sollten die Batterien entfernt werden, sicher ist sicher. Durch Hitze (Sonneneinstrahlung, Heizung etc.) können die Batterien auslaufen und somit das Spielzeug beschädigen.

Wenn der Dildo, die Geishakugeln oder der Vibrator einmal nicht richtig reinrutschen wollen, nehmen Sie ein Gleitmittel zur Hilfe, am besten eines auf Wasserbasis. Gleitmittel auf Ölbasis, wie zum Beispiel Vaseline oder Babyöl, können sowohl Kondome als auch Sextoys schädigen.

Sie werden es sich denken können: Auch bei Dildos und Vibratoren gilt: a) nie nach vaginalen Spielchen gleich anal weitermachen, sondern erst das Spielzeug säubern, und b) fangen Sie klein an. Den 30 Zentimeter langen Vibrator heben Sie sich lieber für später auf.

Um lästigen Fragen und Kommentaren wie: »Darf ich mir mal deinen Zauberstab ausleihen?« (Nachbarskind), »Bin ich dir nicht gut genug?« (Partner), »Boa ey, den will ich auch ausprobieren!« (neidische Freundin) oder »Kindchen, die Düngestäbe gehören in die Pflanzen« (Mutter) zu entgehen, schützen

Sie das Sextoy vor unerwünschten Blicken und bewahren Sie es an einem sicheren Ort auf.

Somit nähern wir uns langsam dem Ende dieses Kapitels, wäre da nicht noch diese eine bestimmte Frage, die Ihnen unter den Nägeln brennen mag: Gurke, Vibrator, Zahnbürste, Kerze oder Butterfly – was ist denn nun das beste Sextoy? Welches bereitet besonders viel Freude? Welches garantiert einen Orgasmus?

Gerne würde ich Ihnen darauf die Antwort geben, doch leider kenne ich nicht Ihre Bedürfnisse. Die sind, wie erwähnt, von Frau zu Frau verschieden. Schwören einige auf den Vibrator und jubeln über einen Orgasmus, sitzen andere mit einem Vibrator auch nach Stunden noch auf dem Trockenen. Daher gilt in diesem Fall der bekannte Ausspruch: Probieren geht über Studieren ...

Raus aus den Federn, wir können auch anders! Alles darüber, was wie, wann und wo geht

Sticken, Stricken, Häkeln, Klöppeln, Knüpfen und nicht zu vergessen, die Selbstbefriedigung – all das sind klassische und bewährte Handarbeiten.

Zu meinen, die Masturbation passe nicht in diese Auflistung, ist falsch. Auch die Selbstbefriedigung macht a) Spaß, b) ist sie ein sinnvoller Zeitvertreib und c) sind auch bei ihr die Hände das wichtigste Werkzeug. Aber damit nicht genug der Gemeinsamkeiten: Denn so wie die einen bevorzugt im Bus stricken, tun dies andere lieber vor dem Fernseher oder auch im Wartezimmer beim Arzt. Die Selbstbefriedigung zeigt sich bei der Standortfrage und Zeitpunktbestimmung ebenso äußerst flexibel. Im Flugzeug, bei Familienfeiern, im Auto, unter der Dusche, vor einem Date, im Kino, bei Rockkonzerten oder im Büro – alles machbar. Tragen Sie eine Hose, brauchen Sie zum Beispiel nur ein größeres Loch in die vorderen Innentaschen zu schneiden und schon haben Sie an jedem Ort und zu jeder Zeit alles gut im Griff …

Wichtig ist, dass Sie Ihre sexuellen Bedürfnisse nicht automatisch ins Bett zwängen, nur weil andere dies tun und es für richtig halten. Wenn Ihnen nach Abwechslung ist, Sie es sich zum Beispiel einmal gerne im Auto oder in der freien Natur besonders schön machen wollen, dann probieren Sie es aus. Achten Sie aber bitte unbedingt darauf, dass Sie nicht die Aufmerksamkeit prüder Mitbürger auf sich ziehen. Schnell könnten Sie sonst für die so genannte Erregung öffentlichen Ärgernisses sorgen und sich mit Paragraph 183a des Strafgesetzbuchs konfrontiert sehen. Demnach macht sich jeder strafbar, der öffentlich sexuelle Handlungen vornimmt und wissentlich oder absichtlich ein Ärgernis erregt. Sollten Augenzeugen Anzeige erstatten, droht eine Geldstrafe oder schlimmstenfalls sogar eine Gefängnisstrafe von bis zu einem Jahr.

Also, halten Sie lieber an sich, wenn es Sie in der Warteschlange an der Supermarktkasse oder auf der Freibadwiese überkommt. Sich an diesen Orten dem Solosex hinzugeben, wäre zu riskant. Es gibt andere und ungewöhnlichere Orte, an denen sich genussvoll Hand anlegen lässt. Gerne verrate ich Ihnen die besonderen Lust-Locations sowie besonders empfehlenswerte Handarbeits-Momente und sage zudem, was Sie bei der Selbststimulation berücksichtigen sollten …

Auf Familien- und Betriebsfeiern

Manche Feiern lösen schon beim Lesen der Einladungskarte ein leichtes Kratzen im Hals aus. Vielleicht ist es die Silberhochzeit der Nachbarn, die Betriebsversammlung mit Erscheinungspflicht oder der 70. Geburtstag der unbeliebten Patentante. Manchmal kommt dann wie aus heiterem Himmel ein Grippeanfall dazwischen oder es ist eine fiese Magen-Darm-Infektion, die das eigene Erscheinen unmöglich macht. Entschuldigungen oder auch Ausreden gibt es zur Genüge. Doch bei manchen Veranstaltungen ist es einem unmöglich abzusagen. Die Pflicht ruft und dann sitzen Sie da …

Warum sich hier Handarbeiten lohnen:
Es geht um das Mitgefühl für die anderen Gäste. Bevor Sie, liebe Leserin, diese mit einem gelangweilten Lächeln und Seufzen nerven und den Leuten womöglich die großartige Stimmung verderben, sorgen Sie vor. Bereiten Sie sich selbst ein paar Freuden und zaubern Sie so ein zufriedenes Grinsen auf Ihr Gesicht. Beglückt und befriedigt lassen sich zudem auch besser die drögesten Reden und der schleppendste Smalltalk überstehen.

Was dringend zu beachten ist:
Einfach die Hand unter dem Tisch verschwinden zu lassen, geht natürlich nicht. Schnell könnten Sie den Eindruck erwecken, noch nie etwas von Tischmanieren gehört zu haben und somit für die anderen Gäste zum Tuschelthema werden. Besser ist es, wenn Sie sich ein ruhiges Fleckchen suchen. Der Gang auf die Toilette ist allerdings nicht immer empfehlenswert. Denn besonders dann, wenn Frauen und Männer Tür an Tür sitzen beziehungsweise stehen, kann es zu unliebsamen und ganz und gar unerotischen Störungen oder Lärmbelästigung kommen. Ich verschone Sie lieber mit weiteren Details und rate: Wenn es kein separates, gut abgeschirmtes Damen-WC gibt, schauen Sie sich im Veranstaltungsgebäude um. Vielleicht finden Sie einen leeren Raum, der sich für den Solosex eignet. Falls Sie gar nicht fündig werden und dem Treiben entfliehen wollen, verkriechen Sie sich einfach ins Auto – ins eigene oder in das von einem Bekannten. Sicher hat jeder Verständnis dafür, wenn Sie bei einem plötzlichen Migräneanfall für ein paar Minuten alleine sein wollen, nicht wahr?

Es ist warm (vorausgesetzt die Heizung funktioniert), es ist trocken (das Dach sollte schon dicht sein), es ist bequem (Müll und Möbel vom letzten Umzug müssen raus) und mitunter ertönt sogar noch ein wenig Musik aus dem Radio. Keine Frage, die Vorteile eines Autos sprechen für sich: Ein Wagen ist wie geschaffen für eine erotische Solonummer.

Warum sich hier Handarbeiten lohnen:
Warten im kilometerlangen Stau, warten vor der Eisenbahnschranke, warten an einer roten Ampel oder auch warten auf den Abschleppdienst, wenn das Auto seine Dienste verweigert hat – all das sind klassische Situationen, in denen die Stimmung sinkt und man sich über die sinnlos verstreichende Zeit ärgert. Fakt aber ist: Wenn man schimpft, geht es auch nicht schneller voran. Was also tun? Stillschweigend Däumchen drehen? Nein, völlig falsch, denn Finger können Besseres leisten.

Bevor also die Laune in den Keller sinkt, machen Sie, liebe Leserin, es sich in Ihrem Auto schön. Bequem ist es und die Kleidung kann man auch anbehalten. Bestimmt werden Sie so schnell zur Staubegeisterten, die ihr Ziel zwar etwas später erreicht, in anderer Hinsicht aber rechtzeitig kommt …

Was dringend zu beachten ist:
Achtung! Sollten Sie zu den Damen gehören, die beim Orgasmus kleine Sternchen sehen, fahren Sie für den Solosex rechts ran. Schließlich wollen Sie doch nicht vor lauter Ekstase zur Unfallverursacherin werden, oder? Das wäre ein teures und gefährliches Vergnügen. Die Sicherheit geht vor, und um sich selbst sowie andere Verkehrsteilnehmer nicht unnötig zu ge-

fährden, gehören gerade auf Autobahnen die Hände ans Steuer! Fahren Sie achtsam und freuen Sie sich währenddessen auf den nächsten Stau. Natürlich können Sie mit dem Wagen auch gezielt ein nettes Fleckchen ansteuern, reizvoll sind zum Beispiel Parkplätze mit Blick aufs Meer, und dort auf Solopfaden lustwandeln.

Beim Solosex auf vier Rädern sollten Sie sich jedoch immer bewusst sein, dass es Zuschauer geben kann. Besonders LKW-Fahrer können hervorragend von ihrem hohen Sitzhäuschen aus das Treiben in den Autos unter ihnen beobachten. Wer also Exhibitionismus ablehnt, die Autonummer aber über alles liebt, sollte sich verdunkelte Scheiben leisten.

Wenn Sie bei der Selbstbefriedigung im Auto nicht auf Sextoys wie Vibratoren oder Dildos verzichten möchten, denken Sie daran, sie anschließend vom Beifahrersitz beziehungsweise aus dem unmittelbaren Blickfeld anderer zu entfernen.

Bei Migräne

Migräne ist ein Albtraum, und wer noch nie darunter gelitten hat, kann es nur schwer nachvollziehen. Denn es ist schlimmer als Kopfschmerzen, dieses Gefühl, dass der Kopf zu platzen droht, wenn der Schmerz hinter Stirn und Schläfe so stark pocht, dass nur noch die Flucht ins Bett hilft. Nichts hören, nichts sehen, nichts sagen – zu mehr ist man nicht fähig. Es sind scheußliche Momente, und in diesen an Sex zu denken, erscheint zunächst sehr abwegig. Aber warum eigentlich nicht, wenn körperliche Freuden vielleicht besser als so manche schmerzlindernde Pille wirken?

Warum sich hier Handarbeiten lohnen:
Der amerikanische Arzt Dr. James Couch hat keine Zweifel. Für ihn ist Sex, und dazu gehört auch die Selbstbefriedigung, ein probates Mittel gegen Migräne. Während eines Orgasmus wird nicht nur die Durchblutung angeregt. Bei steigender Erregung werden vom Körper Endorphine produziert, die uns schmerzunempfindlicher machen. Genauer gesagt sinkt bei einem Orgasmus das Schmerzempfinden um satte 70 Prozent, das heißt, dass Sie, liebe Migräneleidensgenossin, nur noch 30 Prozent der Schmerzen aushalten müssen. Das klingt doch verlockend, oder? Probieren Sie das Medikament Masturbation einmal aus. Am effektivsten ist es allerdings, wenn Sie es gleich beim ersten Anflug der starken Kopfschmerzen tun. Später versagen oftmals die Fingerkräfte und der Solosex kann sich als unangenehm gestalten.

Was dringend zu beachten ist:
Erwarten Sie keine Wunder! Mögen einige Frauen auf ein wenig Handarbeit während der Migräne schwören, kann die Selbstbefriedigung bei anderen Frauen keinen oder einen eher negativen Effekt haben. Strapazieren Sie also Klitoris und Co nicht zu stark und fangen Sie vorsichtig an.

Am Arbeitsplatz

Wenn man sich einmal ausrechnet, wie viele Stunden man im Job verbringt, kann man schnell am Sinn des Lebens zweifeln: In der Regel acht Stunden am Tag, fünfmal in der Woche, das aufs ganze Jahr hochgerechnet und die Urlaubstage abgezogen, schließlich multipliziert mit der ungefähren Anzahl an Jahren, die man bis zur Rente arbeitet … Vergessen wir das lieber. Versüßen Sie sich stattdessen die Zeit mit ein paar ganz privaten Freuden …

Warum sich hier Handarbeiten lohnen:
Einige setzen auf Schokoriegel, andere auf Zigaretten. Jeder hat seine eigene Methode, um die Nerven zu beruhigen und den Stress in den Griff zu bekommen. Aber warum so kompliziert, warum unnötige Kilos riskieren oder sogar eine Krebserkrankung? Es geht auch ungefährlicher, und wahrscheinlich wissen Sie, liebe Leserin, woran ich denke. Ich denke natürlich an ein erotisches Solo.

Sei es also, um den Krach mit einem Kollegen zu vergessen, dem nervigen Getratsche zu entfliehen, aus dem Blickfeld des Chefs zu verschwinden, oder auch, um für einige Zeit telefonisch unerreichbar zu sein – es gibt viele gute Gründe, sich für einen Moment zurückzuziehen. Gönnen Sie sich eine kurze Auszeit und nutzen Sie diese, um das Blut im Körper pulsieren zu lassen. Besonders nach stundenlangem Sitzen ist das eine wahre Wohltat. Und danach geht es mit neuem Elan an die Arbeit.

Was dringend zu beachten ist:
Mag es in einem Einzelbüro mangels Gesprächspartner mitunter recht langweilig sein, bietet es in Sachen Masturbation ein besonders leichtes Fingerspiel. Tür zu und, vorausgesetzt, Sie sitzen nicht in einem Glaskasten, Sie können tun und lassen, was Sie wollen.

Wunderbar! Zum Beispiel lässt sich der Telefonhörer in einer Hand halten, während die andere Hand zwischen die Beine wandert. Langweilige Gespräche mit einem Kunden oder Mitarbeiter, bei denen nicht viel notiert werden muss, bekommen so ihren Reiz.

Besonders exhibitionistische Frauen können sich natürlich frontal gegen das Fenster lehnen und ihr Vergnügen mit einigen interessierten Nachbarn aus dem gegenüberliegenden Haus teilen. Letzteres empfiehlt sich allerdings nur, wenn die möglichen Zuschauer nicht demselben Betrieb angehören wie Sie und somit auch der hauseigenen Kantine fernbleiben. Wäre doch peinlich, einem Beobachter beim Mittagessen gegenüberzusitzen oder neben ihm dicht gedrängt im Fahrstuhl zu stehen, oder? Vielleicht sorgt aber gerade dies für den besonderen Kick?! Stellen Sie sich vor, wie hinter dem Fenster eines gegenüberliegenden Büros ein Mann mit einem Fernrohr steht und Sie beobachtet. Wie er Sie sehnsüchtig mit seinen Blicken taxiert, während Sie sich streicheln und stimulieren …

Zugegeben: Einzelbüros haben klare Vorteile. Doch auch all jene, deren Schreibtisch im Großraumbüro steht, müssen auf ein erotisches Treiben zwischendurch nicht verzichten. Um aber nicht für Flurfunk zu sorgen oder gar als Skandalthema in der Betriebszeitung erwähnt zu werden, gilt es bedächtig vorzugehen. Sollten Sie nicht zu jenen Menschen zählen, die binnen drei Sekunden zum Orgasmus kommen – diese Damen lassen einfach den Bleistift fallen und krabbeln schnell unter den Schreibtisch –, ziehen Sie sich lieber auf die Bürotoilette zurück. Alternativ können Sie direkt an Ihrem Platz über Kälte klagen, die Beine übereinander schlagen und dazwischen eine Hand verschwinden lassen. Die folgende kleine Massageeinlage wird kaum jemandem auffallen.

Sie sind gelb, sie sind aus Plastik und zumeist machen sie auch noch ein paar Geräusche – Quietschentchen sind scheinbar zu einem wenig spektakulären Dasein verdammt. Könnten die Badetierchen aber reden, hätten sie wohl eine Menge zu erzählen. Schließlich waren sie mit nahezu 100-prozentiger Wahrscheinlichkeit schon einmal Augenzeuge einer feuchtfröhlichen sexuellen Solonummer.

Denn mal ehrlich: Das Herumexperimentieren, fängt das nicht bereits zu Kinderzeiten an? Ich meine die Spielchen mit dem Schaum, mit dem sich herrlich Brüste formen lassen. Oder aber das Erforschen verschiedenster Körperöffnungen ... Die Hände verschwinden unter der Wasseroberfläche und niemand bekommt mit, was sich in den Tiefen der Wanne abspielt. So geht es in frühen Jahren los und auch eine erwachsene Frau kann Baden zu einem erotischen Erlebnis werden lassen, das alle fünf Sinne betört: lauschige Musik für die Ohren, romantisches Kerzenlicht für die Augen, aromatisches Badeöl für die Nase und dazu vielleicht noch ein Gläschen Champagner. Der Tastsinn funktioniert dann fast von alleine ...

Warum sich hier Handarbeiten lohnen:
Tun Sie es der Umwelt zuliebe und zu Ihrem eigenen Vergnügen! Denn es grenzt wirklich an pure Wasserverschwendung, ausschließlich für die Körperreinigung in die Badewanne zu steigen. Die zumeist über 100 Liter Wasser sollten besser ganz und gar ausgenutzt werden. Also, verbinden Sie das Nützliche mit dem Angenehmen und beruhigen Sie Ihr Gewissen, indem Sie mit Wasser sorgsam umgehen.

Was dringend zu beachten ist:
In der Hocke lassen sich die Beine nicht weit auseinander nehmen, zudem rutscht man hin und her. Im Stehen hingegen haben Sie keinen richtigen Halt und so würden die sexuellen Freuden von Schlitterpartien unterbrochen werden.

Damit das lustvolle Treiben also nicht im Krankenhaus endet, sollten Sie, meine Damen, sich in der Wanne lieber hinlegen. Am besten auf den Rücken, denn auf dem Bauch liegend laufen Sie schnell Gefahr, unerwünscht Seifenwasser zu schlucken. Tauchen Sie also mit dem ganzen Körper ab in das wohlige Warm. In dieser Position ist es einfach am bequemsten. Wenn Sie genügend Halt haben, können Sie auch ein Bein auf den Beckenrand legen, so dass Sie besseren Zugriff auf Ihre Vagina haben.

Genießen Sie den Moment, wenn das Wasser den Körper einhüllt. Streicheln Sie über die feuchte Haut, massieren Sie Ihre Brüste und lassen Sie der Fantasie freie Hand. Vielleicht ist auch eine Badebürste, ein Badetierchen oder die Duschbrause greifbar oder Sie haben vorgesorgt und sich einen Dildo neben die Wanne gelegt. Alle diese Dinge können gute Dienste leisten.

Sollte Ihnen die Selbstbefriedigung in der Badewanne übrigens nicht ausreichen, können Sie das Vergnügen beim Aussteigen fortsetzen: Stellen Sie einen Fuß auf den Wannenrand und den anderen auf den Badezimmerboden. Damit Sie in dieser Position standfest bleiben, legen Sie bitte eine rutschfeste Badematte unter, beispielsweise eine mit Gummiunterfläche. Ein Handtuch reicht auf Fliesen nicht aus, schnell würden Sie auf der Nase liegen und später mitunter im anfangs erwähnten Krankenhaus.

Eins zu null für die Dusche, wenn Ihnen nach einem feuchtfröhlichen Quickie ist. Sie hat der Badewanne etwas voraus, denn einmal den Wasserhahn aufgedreht, kann es auch schon losgehen. So gesehen ist die Dusche genau der richtige Ort für ein befriedigendes Erlebnis, wenn es schnell gehen soll oder muss, zum Beispiel morgens vor dem Gang zur Arbeit. Die Qualitäten der Dusche allerdings auf einen Quickie zu beschränken, wäre schade. Wenn Sie Zeit haben, drehen Sie den warmen Strahl auf, und genießen Sie dann den Wasserdampf, der um Sie herum aufsteigt und Sie einhüllt. Erotik pur!

Übrigens: Ein ganz besonderer Kick kann die Selbstbefriedigung unter der Schwimmbad-Brause sein. Drehen Sie sich einfach ein wenig mit dem Rücken zu den anderen anwesenden Damen, lassen Sie sich beim Einseifen alle Zeit der Welt und genießen dabei das Gefühl, gerade etwas unanständig zu sein ...

Warum sich hier Handarbeiten lohnen:
Natürlich können Sie auch in diesem Fall wieder das Nützliche (Körperreinigung) mit dem Angenehmen (Körperbefriedigung) verbinden. Darüber hinaus aber haben Sie mit dem Duschkopf inklusive Wasserstrahl gleich ein hervorragendes Sexspielzeug zur Hand, mit dem sich die Klitoris, der Venushügel, die Schamlippen, der Busen – einfach alles angenehm massieren und stimulieren lässt.

Wenn Sie zu den Damen gehören, die sich noch im Anfangsstadium der sexuellen Selbstentdeckung befinden und danach von Schuldgefühlen geplagt werden, sind Sie in der Dusche gut aufgehoben. Schließlich können Sie die möglichen Schuldgefühle sogleich abwaschen. Im Ernst, ich bin mir ganz sicher, dass die Schuldgefühle recht bald wie von selbst verschwinden werden. Einmal auf den Geschmack gekommen, werden Sie feststellen, dass (Selbst-)Liebe keine Sünde sein kann. Dafür ist sie viel zu schön …

Was dringend zu beachten ist:
Achtung zum Ersten: Ein Brausestrahl mit der Stärke eines Luftdruckreinigers sorgt statt für Erregung eher für Errötung. Letzteres missfällt besonders der sensiblen Klitoris und kann sehr schmerzhaft sein. Bestens ist es, wenn Sie einen Duschkopf besitzen, bei dem Sie die Strahlart und -stärke selbst regulieren können. Probieren Sie aus, was Ihnen gefällt. Einige Frauen mögen es zum Beispiel, den intensiven, sprenkelnden Massagestrahl direkt zwischen ihren Beinen am Schambereich zu spüren. Andere massieren mit dem Strahl ihren ganzen Körper und stimulieren sich zusätzlich mit den Fingern. Eine weitere Möglichkeit ist es, mit dem Duschkopf gezielten Druck auf die Klitoris auszuüben. Jede so, wie es ihr Spaß macht!

Achtung zum Zweiten: In Nasszellen besteht absolute Rutschgefahr und damit erhöhtes Unfallrisiko. Sollten Sie also im Eifer des Gefechts und vor lauter Glückseligkeit manchmal das Gleichgewicht verlieren, hocken Sie sich lieber hin oder legen Sie eine rutschfeste Matte in die Dusche.

Im Kino und bei Rockkonzerten

Wer ist es bei Ihnen? Brad Pitt, George Clooney, Richard Gere, Keanu Reeves, Til Schweiger, Kevin Costner oder vielleicht der doch eher jugendlich wirkende Elijah Wood? Vielleicht haben Sie aber auch keinen besonderen Lieblingsschauspieler, sondern sitzen einfach im Kino und werden dort plötzlich auf der Leinwand von einem unbekannten Traumtypen überrascht. Einer von der Kategorie Mann, dessen Anblick allein bereits für ein angenehmes Gefühl in der Unterleibsgegend sorgt. Sollte es also um Sie geschehen – nur keine Hemmungen. Ist der Film nicht zu kompliziert und verträgt ein paar Gedankenaussetzer, gönnen Sie sich ein paar erotische Fingerspielereien.

Gleiches gilt bei dem Besuch eines Rockkonzerts. Vielleicht steht Ihr Lieblingsstar höchstpersönlich auf der Bühne, vielleicht gefällt Ihnen aber auf einmal der Gitarrist viel besser oder es ist einer der männlichen anwesenden Fans. Auch in diesem Fall sollten Sie intensiven Körperkontakt zu sich selbst suchen.

Warum sich hier Handarbeiten lohnen:
Erotische Fantasien sind schon ziemlich Klasse und keine Frau sollte auf sie verzichten. Wenn sich dann auch noch die Gelegenheit ergibt, den Traumtypen zu hören und zu sehen, folgt das Spüren fast von alleine. Zudem ist es dunkel und Kinositze sind im Laufe der Zeit richtig gemütlich geworden. Also nichts wie runter mit den Fingern, unter die Popcorn-Tüte und das private Highlight intensiv erleben. Selbiges gilt für Rockkonzerte, die dort herrschende Enge und das teils schweißtreibende Gedränge erregen viele Menschen zusätzlich. Kleiner Tipp, falls Sie noch nach einem besonderen Kick suchen: Führen Sie sich vor einem Rockkonzert die so genannten Geisha- oder Liebeskugeln ein. Beim Aufundabhüpfen kommen die kleinen Innenkugeln richtig in Schwung und

versetzen Ihren ganzen Körper in einen Rausch. Ein sensationelles Sexvergnügen, das auch die mitunter sehr hohen Konzertkartenpreise gut verschmerzen lässt.

Was dringend zu beachten ist:
Wenn Sie zu den Frauen zählen, die beim Orgasmus ein wenig lauter werden, achten Sie im Kino darauf, dass sich Ihre Lustschreie beispielsweise mit einer Explosionsszene überschneiden. Denn es macht sich nicht gut, wenn Sie bei einer Beerdigungsszene freudig aufseufzen. Bei einem Rockkonzert, wo mit Dezibel nicht gespart wird, ist Ihre eigene Lautstärke eher unwichtig. Hier sollten Sie einfach nur darauf achten, dass sich Ihre Hände nicht verirren und sich ein unsympathischer Typ von Ihnen angemacht fühlt …

Vor Prüfungen, Wohnungsbesichtigungen und anderen wichtigen Terminen

Der Termin steht fest. Vielleicht erwartet Sie ein Gespräch über eine Gehaltserhöhung, über einen neuen Tätigkeitsbereich in der Firma, oder es steht eine Prüfung an, vielleicht auch ein Arztbesuch oder eine Wohnungsbesichtigung.

Eines ist all diesen Verpflichtungen gleich und beginnt manchmal Tage, manchmal auch erst wenige Stunden zuvor: der mittelgroße Ausnahmezustand! Sie sind nervös? Das ist normal. Ihnen ist ein wenig übel? Auch kein Grund zur Besorgnis. Sie haben feuchte Hände? Na bitte, die beste Voraussetzung für eine nette Solosexnummer …

Warum sich hier Handarbeiten lohnen:
Es ist besser, als Nägel zu kauen, besser, als literweise Kaffee in sich hineinzuschütten und ebenfalls besser, als den Zigarettenkonsum zu verdoppeln. Machen Sie sich nicht verrückt! Gerade in den letzten Stunden vor solch wichtigen Terminen können Sie zumeist nicht viel mehr tun als warten. Versuchen Sie abzuschalten. Ein wenig körperliche Erschöpfung wird Ihnen dabei helfen. Gönnen Sie sich das Gefühl, eins mit sich zu sein. Besorgen Sie sich selbst dieses wohlige Kribbeln und Zucken, was in den meisten Fällen doch umgehend zu einem zufriedenen, sympathischen Lächeln führt. Dazu kommt der Gedanke: *Wenn ihr wüsstet, was ich gerade gemacht habe …*, der durchaus für ein Gefühl der Überlegenheit sorgen kann. Viele wichtige Termine erscheinen dann nur noch halb so wichtig und werden lockerer gemeistert.

Was dringend zu beachten ist:
Verpassen Sie bei aller befriedigenden Glückseligkeit bloß nicht den Termin. Natürlich empfinden es ein paar Frauen als den besonderen Kick, andere mit ihren Freudenfingern zu begrüßen, doch aus Respekt vor Ihrem Gegenüber sollten Sie sich nach dem erotischen Vergnügen und vor dem Termin die Hände waschen.

In der freien Natur

Nichts wie raus! Denn wie sagten schon unsere Mütter und Großeltern: »Kind, geh an die frische Luft, das tut dir gut …« Wie sie das wohl meinten? Denn egal, ob am Strand, in den Dünen oder im Strandkorb, im Park, im Wald, in den Bergen, im

Meer – überall lockt am Tage und in der Nacht ein erotisches Eigenvergnügen der ganz besonderen Art. Also versuchen Sie, liebe Damen, erst gar nicht, Ihre Hände unter Kontrolle zu halten. Erinnern Sie sich lieber an Ihre Kindertage und an das, was Muttern eben stets zu sagen pflegte …

Warum sich hier Handarbeiten lohnen:
Das Risiko, entdeckt zu werden, ist hoch, und das ist auch der Reiz an einer Freiluftnummer. Jederzeit könnte jemand vorbeikommen und dem Treiben entsetzt ein Ende bereiten. Dieses Wissen, etwas Verbotenes zu tun, kickt, sorgt für zusätzliche Erregung und eine höhere Herzschlagfrequenz.

Wenn Sie es gezielt auf ein Vergnügen unter freiem Himmel anlegen und draußen nicht gerade tiefster Winter herrschen sollte, seien Sie unanständig. Ziehen Sie einen Rock an und verzichten Sie auf den Slip darunter. Dann übernimmt der Wind bereits erste Vorspielarbeit und Sie haben so auch leichter Zugriff auf sich selbst.

Sollten Sie übrigens unbedingt auf ein paar stimulierende Gegenstände scharf sein, versuchen Sie es einmal mit einem Ritt auf einem Baumast oder einer sanften Rutschpartie am Kieselstrand.

Was dringend zu beachten ist:
Nie in der Nähe eines Bienenkorbs oder Wespennests masturbieren – die kleinen Tierchen könnten sich aufregen und aggressiv werden. Selbiges gilt für einen Ameisenhaufen. Aus hygienischen Gründen sollten Sie auch nicht auf einer Hundewiese Hand an sich legen. Und bei bitterkalten Minustemperaturen ist es ebenso wenig empfehlenswert, im Freien an sich herumzuspielen (Frostbeulengefahr!). Halten Sie auch mit

dem Herausposaunen Ihrer Erregung etwas an sich. Leises Seufzen und Luststöhnen geht noch in Ordnung und kann von vorbeikommenden Spaziergängern als allgemeines Wohlsein ausgelegt werden. Heftiges Aufschreien aber könnte für Verwirrung sorgen und wenn Sie Pech haben, ruft irgendjemand für Sie den Krankenwagen. Daher bitte: Pssst!

Wie bereits erwähnt, müssen Sie bei Freiluftnummern aufpassen, dass Sie keine Beobachter haben, die sich von Ihnen provoziert fühlen. Schnell könnten Sie sonst ein so genanntes öffentliches Ärgernis hervorrufen und sich mit dem Paragraphen 183a des Strafgesetzbuchs konfrontiert sehen. Demnach macht sich jeder strafbar, der eine unzüchtige Handlung vornimmt, die von der Öffentlichkeit wahrgenommen wird. Sollten die Augenzeugen entsetzt sein und Anzeige erstatten, droht eine Geldstrafe oder sogar eine Gefängnisstrafe von bis zu einem Jahr.

Im Waschsalon

Das Ambiente ist gruselig: Grelle Beleuchtung, grässliche Bodenfliesen, harte Sitzbänke und überall die rotierenden Trommeln. Als wäre Wäsche waschen nicht schon langweilig genug, kommt die ungemütliche Atmosphäre der Waschsalons hinzu. Gleiches gilt für Waschkeller. Nur dass die zumeist über einen fiesen Betonboden inklusive Abflusslöcher verfügen und nicht einmal Sitzbänke haben. Doch was hilft das Meckern? Wer nicht die angeekelten Blicke seiner Mitmenschen auf sich ziehen will, wird seine Wäsche waschen müssen. Angesichts der öden Umgebung in Waschsalon und Waschkeller gilt es allerdings dringend, sich abzulenken. Und warum sollte Ablenkung nicht in der schönsten Nebensache der Welt gesucht werden?

Warum sich hier Handarbeiten lohnen:
Manchmal muss man die Dinge mit anderen Augen sehen. So mag das Ambiente gruselig sein, dafür aber bieten Waschsalons und Waschkeller nette Stimulierungsobjekte im XXL-Format. Die Rede ist natürlich von den Waschmaschinen und Schleudern selbst. Viele Masturbantinnen schwören auf einen Waschmaschinenritt während des Schleudergangs oder besteigen – sofern vorhanden – sowieso nur spezielle Schleudermaschinen. Der Grund ist offensichtlich: Die Geräte ruckeln und wackeln verlockend! Also bitte aufsitzen, meine Damen!

Besonders erregend kann es übrigens sein, wenn Sie sich direkt über Eck auf eine Kante setzen und/oder sich zusätzlich zum Rüttelritt mit den Fingern stimulieren. Kleiner Tipp: Ist Ihnen nach diesem erotischen Erlebnis, obwohl Sie keine Schmutzwäsche haben, sparen Sie sich Stärken und Spülen und schalten sofort den Schleudergang mit extrahoher Umdrehungszahl ein.

Was dringend zu beachten ist:
Zunächst einmal vergessen Sie trotz möglicher Vorfreude bitte nicht, das Flusensieb und die Waschtrommel richtig zu schließen (Überschwemmungsgefahr!). Zudem zügeln Sie sich, auch wenn Sie ganz süchtig nach den Ausritten sind. Doch Waschen kostet ordentlich Strom und viel Wasser, und das muss ja nicht sein. Heizen Sie sich lieber mit Ihren Fantasien auf und freuen Sie sich, wenn einmal wieder ein Korb voller Wäsche zusammengekommen ist …

Bitte, nehmen Sie Schlagersänger Reinhard Mey nicht beim Wort. Auch wenn er munter trällert: »Über den Wolken, muss die Freiheit wohl grenzenlos sein …«, können Sie nicht in FKK-Manier einfach im Flieger die Hosen herunterlassen und fröhlich an sich herumfingern. Gewisse Anstandsregeln gelten auch in 10000 Meter Höhe und Sie sollten sie brav befolgen. Denn egal, ob es die Enge eines Flugzeugs ist, der Hauch von Gefahr, das Gefühl ausgeliefert zu sein, oder das Kribbeln bei Start und Landung – Selbstbefriedigung hoch in der Luft hat seinen ganz besonderen Reiz …

Warum sich hier Handarbeiten lohnen:
Haben Sie im Flieger etwas Besseres vor? Natürlich können Sie aus dem Fenster starren, lesen, schlafen oder warten, bis die Stewardess mit den Getränken vorbeikommt. Aber wenn Sie mich fragen, gibt es Schöneres. Gerade dann, wenn Sie unter Flugangst leiden sollten, rate ich dringend zu einem Soloschäferstündchen. Es entspannt, macht den Kopf frei und vertreibt zudem die Zeit. Selbiges gilt auch, wenn neben Ihnen ein Typ sitzt, der Sie mit seinem Gerede langweilt. Schenken Sie ihm nur mit halbem Ohr Gehör und gönnen Sie sich parallel dazu ein paar ruhige, befriedigende Minuten nur für sich.

Was dringend zu beachten ist:
Bei der Vorgehensweise gibt es verschiedene Varianten: 1. Sie ziehen sich auf die Toilette zurück und machen es sich dort schön. Besonders erregend ist es für einige Frauen, wenn sie sich bei der Masturbation im Spiegel beobachten. 2. Sie bleiben auf Ihrem Platz, legen einen Pulli oder eine Zeitung

über den Schoß und lassen die Hände darunter verschwinden. 3. Sie bleiben auf Ihrem Platz, legen auch einen Pulli über den Schoß, lockern den Anschnallgurt und stimulieren sich mit der Schnalle.

Sollten Sie sich für die erste Variante entscheiden, verzichten Sie besser auf ein langes Vorspiel. Nichts ist unangenehmer, als langsam in Fahrt zu kommen und plötzlich durch lautes Klopfen von Wartenden mit Blasenschwäche gestört zu werden. Bei den anderen beiden Varianten achten Sie darauf, den Orgasmus leise zu genießen. Es könnte sonst ziemlich peinlich werden, wenn ein Fluggast einen Arzt ruft, da er glaubt, Sie hätten eine Herzattacke, und sich deswegen bemerkbar gemacht.

Vor oder während eines Dates

Falls Sie, liebe Leserin, jetzt etwas verwundert den Kopf schütteln, lesen Sie schnell weiter. Denn ein kurzweiliges erotisches Vergnügen vor oder während eines Dates kann wahre Wunder bewirken. Sollte es also mit der Unterhaltung nicht so recht klappen, sollte sich Langeweile einschleichen, sollten Sie schon vor dem Treffen total nervös und sich unklar darüber sein, ob Sie bei Ihrem Objekt der Begierde überhaupt landen können, dann legen Sie Hand an sich. Kleiner Tipp: Wenn Sie mit dem Mann zum Essen verabredet sind – das persönliche Eingreifen funktioniert selbstverständlich auch auf einer Café- oder Restauranttoilette.

Warum sich hier Handarbeiten lohnen:
Selbstbefriedigung macht schöner! Durch die sexuelle Erregung und den hoffentlich folgenden Orgasmus kommt das Blut

ordentlich in Wallung. Das Ergebnis sind eine strahlende Haut, leuchtende Augen und ein zufriedenes Lächeln. Beste Voraussetzungen, bei dem Mann Ihrer Wahl ordentlich Sympathiepunkte zu sammeln.

Was dringend zu beachten ist:
Geben Sie dem Typen eine Chance! Es ist schließlich nicht seine Schuld, dass Selbstbefriedigung so eine feine Sache ist und viele Frauen daran mehr Gefallen finden als an Partnersex. Vielleicht haben Sie ja tatsächlich den Traumtypen an Ihrer Seite, der genau weiß, wie und wo er Frauen stimulieren muss. Einen Versuch ist es immer wert. Doch es kann nie schaden, an sich selbst befriedigende Vorarbeit zu leisten. Sollte sich der Gute dann auf dem Laken als Niete entpuppen, werden Sie es eher verkraften können.

Liebe Leserin, vermissen Sie Ihre spezielle Lust-Location oder Ihren ganz besonderen Handarbeits-Moment? Was ist es denn? Ist es vielleicht die Umkleidekabine im Kaufhaus, die Sauna, oder stehen Sie auf eine Solonummer im Bus oder im Zug, machen Sie es sich gerne nach einem anstrengenden Arbeitstag? Alles ist möglich und Geschmackssache – und das ist auch gut so.

Wenn der Ort oder der Zeitpunkt, an dem Sie sich bevorzugt befriedigen, nicht in diesem Kapitel vorgestellt wurde, lassen Sie sich davon nicht beirren. Leben Sie weiter nach ihren Gewohnheiten und Vorlieben und verraten Sie diese nur Ihren besten Freundinnen. Ansonsten könnten zu viele Geschlechtsgenossinen auf denselben Geschmack kommen. Und es ist kaum auszudenken und wäre wirklich schade, wenn das Solarium dauerbesetzt wäre, im Schwimmbad keine Kabinen mehr zu haben wären, der Aufzug ständig stillstehen würde oder, wo auch immer Sie sich gerne herumtreiben, plötzlich kein freies Plätzchen mehr zu finden wäre. Schweigen Sie daher lieber und genießen …

Ungeahnte Überraschungen oder »Hallo Schatz, was suchst du denn da zwischen deinen Beinen?«

Bauarbeiter und Handwerker sind ehrenwerte Männer mit einem ehrenwerten Job. Darüber sollten wir uns nicht streiten. Kritisch wird es aber, wenn diese Herrschaften ihrem Job nachgehen und dafür das ganze Haus mit einem Gerüst einkleiden müssen. Kurzum: Wenn die Männer sich mit ihrer Arbeit aufdrängen, dann könnte zumindest ich sie verteufeln.

Vielleicht haben Sie das ja auch schon einmal erlebt: Sie liegen morgens gemütlich alleine im Bett, die Hand rutscht lustvoll unter die Decke, Sie öffnen kurz die Augen und da grinst Ihnen ein Bauarbeiter frech ins Gesicht. Mein Gott, habe ich mich erschrocken. Selbst Schuld, meinen Sie, wenn ich die Vorhänge nicht zuziehe? Nun, wenn man im fünften Stock wohnt und das nächste Haus kilometerweit entfernt steht, lässt man die Vorhänge wegen des freien Blicks in den Himmel manchmal offen. Jedenfalls tat ich das bis zu diesem Tag …

Eine Geschichte, über die meine Freundinnen und ich bei einem Gläschen Wein noch schmunzeln können. Denn es ist mir ziemlich egal, was der Bauarbeiter über mich denkt. Schließlich ist es mein Leben, mein Bett, mein Spaß! Was aber, wenn der eigene Partner einen auf frischer Tat bei der Handarbeit ertappt? Oder die Mutter, oder sogar – sofern vorhanden – das eigene Kind mit seinen Kumpels plötzlich mitten ins erotische Einzeltreiben platzt.

Sollte Ihnen schon bei der bloßen Vorstellung dieser Momente die Schamesröte ins Gesicht steigen, sorgen Sie vor. Einige lohnende Maßnahmen nannte ich bereits im Kapitel *Störenfriede und Störfaktoren ins Abseits*. Allerdings versteht sich von selbst, dass wenn Sie mit Ihrem Partner zusammenleben, es nicht viel Sinn hat, die Haustür abzuschließen. Der Gute wird einen eigenen Schlüssel besitzen und damit aufschließen. Gleiches gilt für Mitbewohner einer Wohngemeinschaft. Daher ist es in diesen Situationen besser, den Schlüssel von innen in das Türschloss zu stecken.

Sollte Ihr Partner, Ihre WG-Mitbewohnerin oder WG-Mitbewohner dann verzweifelt aufzuschließen versuchen, genervt aufgeben und klingeln, können Sie entschuldigend anführen: »Oh, sorry, habe wohl meinen Schlüssel stecken lassen …« Das kann schließlich jedem mal passieren.

Genauso gut kann es jedoch sein, dass Sie vor lauter Lust einmal vergessen, wichtige Vorbereitungen zu treffen und Sie tatsächlich in flagranti beim Soloakt überrascht werden. Nichts für ungut, nur nicht rot werden, nicht stammeln und nervös herumzappeln.

Lieber souverän reagieren …

»Schatz, was fummelst du zwischen deinen Beinen?«

Natürlich sind Sie gerne mit Ihrem Partner zusammen. Natürlich ist er der Beste – auch im Bett. Natürlich lieben Sie den Mann an Ihrer Seite! Doch ebenso natürlich gibt es Momente, in denen wir Frauen alleine sein und den Solosex genießen möchten. Umso nerviger ist es, wenn der Partner früher als üblich von der Arbeit nach Hause kommt oder die Kneipentour mit seinen Freunden vorzeitig beendet. Ihr Liebster steht dann plötzlich im Türrahmen und fragt interessiert: »Schatz, was machst du denn da zwischen deinen Beinen ...?«

Mögliche Antworten:
»Ich wollte mal fühlen, ob die Spirale noch sitzt!«

Falls Ihr Lebenspartner eine Kinderphobie hat und keinen Wert auf eigenen Nachwuchs legt, wird er sich freuen, dass Sie die Verhütung artig überwachen. Alternativ können Sie in diesem Fall statt der Spirale das Diaphragma nennen.

»Teste gerade das Set Darmspiegelungen selbst gemacht.«

Wunderbar, dass Sie an Ihre Gesundheit denken! Ihr Partner wird das sicher ähnlich sehen und vollstes Verständnis für Ihre Leibesübungen haben. Falls er später pflichtbewusst fragt, ob er das Set auch einmal ausprobieren kann, sagen Sie ihm einfach: »Sorry, leider nur für den einmaligen Gebrauch.«

»Wenn du nicht da bist!« oder *»Verdammter Mist, alles muss man hier selbst machen!«*

Bereiten Sie dem Kerl ruhig ein schlechtes Gewissen. Soll er doch denken, dass er die absolute Nummer eins in puncto Sex ist und Sie sich von ihm ein wenig vernachlässigt fühlen. Besonders in Lebensphasen, in denen Sie sich nach mehr Sex mit Ihrem Partner sehnen – die Selbstbefriedigung hemmt, wie bereits erwähnt, dieses Verlangen nicht –, werden Sie Ihren Liebsten mit dieser Aktion sicher animieren, sich mehr um Sie zu kümmern.

»Wonach sieht das denn aus?«

Gehen Sie in die Offensive. Ihr Partner ist schließlich ein erwachsener Mann, der mit 99,9-prozentiger Wahrscheinlichkeit selbst gerne Hand an sich legt und somit um die Vorzüge der Masturbation weiß.

Sie möchten gar nicht viele Worte darüber verlieren, sondern das Thema schnell vom Tisch schaffen? Gut, dann sagen Sie zu Ihrem Partner einfach:

»Komm mal her, ich glaube du musst mir hier schnell helfen!«

»Da bist du ja endlich! Ich halte es kaum noch aus …«

»Alles vorbereitet! Es kann sofort losgehen!«

»Ich komme gleich wieder …«

»Ich zähle bis drei, dann biste aber drin.«

»Der Vibrator macht gerade schlapp. Dein Einsatz!«

Eine Einladung dieser Art wird sich Ihr Liebster auf keinen Fall entgehen lassen. Und was die Sache mit der eigentlich geplanten Selbstversorgung betrifft – aufgehoben ist bekanntlich nicht aufgeschoben.

»Kind, brauchst du noch was?«

Liegt es an den Mietpreisen? Haben Sie sich vielleicht gerade von Ihrem Lebenspartner oder Ehemann getrennt? Möglicherweise ist es auch nur ein Wochenendbesuch oder Ihre Eltern sind pflegebedürftig? Was auch immer Ihre Gründe sein mögen – Sie wohnen also immer noch, schon wieder oder mal wieder zu Hause! Dafür brauchen Sie sich übrigens gar nicht zu entschuldigen. Im Gegenteil: Ist doch äußerst lobens- und beneidenswert, dass Sie einen mehr oder weniger guten Kontakt zu Ihren alten Herrschaften haben. Aber das ist in der Tat ein anderes Thema.

Halten wir fest: Hotel Mama hat Sie wieder, und so viele angenehme Seiten dies haben kann (ich denke an regelmäßiges und gutes Essen, die Wäsche wird gemacht und ein paar liebe

Worte gibt es ebenfalls gratis), bei der ganzen Fürsorge kann die Privatsphäre mitunter auf der Strecke bleiben.

Sollte Sie die Lust überkommen, Sie machen es sich schön und Ihre Mutter meint also, mal eben neugierig nachfragen zu dürfen: »Kind, brauchst du noch was?«

Mögliche Antworten:
»Mist, ich finde das Tamponbändchen nicht mehr.«

Na bitte, das Problem kennt doch wirklich jede Frau. Auch wenn Ihre Mutter schon die Wechseljahre hinter sich haben sollte, wird Sie sich wohl erinnern können und für dieses Malheur absolutes Verständnis haben.

»Ich glaub, ich hab da unten was krabbeln sehen …«

Jede Mutter will für ihr Kind nur das Beste, und dazu gehören auf keinen Fall fiese Intimpilze oder ungebetene Gäste wie Filzläuse. Etwas besorgt, wird Sie Ihre Mutter zwar (hoffentlich) schleunigst bei der näheren Untersuchung alleine lassen, erwartet danach aber sicherlich eine ausführliche Berichterstattung. Und selbstverständlich können Sie die Gute beruhigen: »Optische Täuschung, kein großes Krabbeln! Waren nur einige Flusen.«

»Hättest du mich früher mal mehr geliebt, Mutter! Ich fühl mich immer so einsam.«

Genau, schieben Sie der alten Dame den schwarzen Peter zu. Wenn Ihre Mutter in Sachen Sex ein wenig konservativ und verklemmt ist, Ihnen eigentlich sofort eine Standpauke halten möchte mit dem Schlussbefehl: »Und jetzt geh beten!«, drehen Sie den Spieß um. Bereiten Sie ihr das schlechte Gewissen und führen Sie Ihre erotischen Handlangereien auf mangelnde Liebe in der Kindheit zurück. Wunderbar! Ihre Mutter wird die Schuld auf sich nehmen, dass die eigene Tochter derart unanständige Sachen machen muss. Sie wird hoffen, dass auch Sie kein weiteres Wort darüber verlieren werden und Sie in Ruhe lassen.

»Mama, wovon redest du eigentlich?«

Unterstellen Sie Ihrer Mutter einfach eine kleine Sehschwäche und machen Sie ihr glaubhaft, dass sie sich nur etwas einbildet. Gerade dann, wenn die Gute schon im fortgeschrittenen Alter ist, wird sie selbst schnell an dem angeblich Gesehenen zweifeln.

»Äh, denkst du danach ans Putzen?«

Von wegen, dass nur Studenten sich zusammenrotten und eine Wohngemeinschaft gründen. Vielmehr ist es absolut nachvollziehbar und zudem praktisch bei dem ganzen Mietwucher, gerade in Großstädten, auch als Nicht-Studentin mit einer Person oder gleich mehreren in einer WG zu leben. Gemeinsame Heizkosten, gemeinsame Stromkosten, manchmal auch ein gemeinsamer Kühlschrank – allerdings heißt das noch lange nicht gemeinsame erotische Selbstversorgung, oder?

Stört Sie, liebe Leserin, also eine Mitbewohnerin oder ein Mitbewohner beim Soloakt und schaut ziemlich fragend aus der Wäsche, haben Sie besser einige mögliche Antworten und Kommentare parat:

»Hey, du Nuss, kannst du nicht anklopfen? Raus jetzt!«

Klare Ansage, und Recht haben Sie! Denn falls Sie nicht gerade in einer liberalen Flower-Power-Peace-und-freie-Liebe-Kommune hausen sollten, gibt es auch in Wohngemeinschaften eine Privatsphäre und gewisse Regeln. Einfach Tür auf und gucken, was der andere so treibt, geht gar nicht. Das sollte der ungebetene Besucher, egal ob männlich oder weiblich, einsehen und schleunigst verschwinden. Ansonsten sollte das Thema Privatsphäre beim nächsten WG-Abend dringend besprochen werden.

Falls Sie die gute Stimmung in der WG nicht zerstören und die ganze Sache mehr mit Humor nehmen wollen – zumal Ihre Mitbewohnerin beziehungsweise Ihr Mitbewohner nun einmal kein Blindfisch ist und weiß, was Sie da treiben – könnten Sie auch sagen:

»Mein String-Tanga ist total verrutscht.«

Dass sich die kleinen Stoffteilchen gerne Richtung Poritze verirren und da manchmal ganz schön festklemmen, weiß jede Trägerin dieser knappen Höschen.

»Mein Intimfriseur hat gerade Urlaub!«

Wirklich schlimm und verständlich, dass Sie in der Situation selbst einmal nach dem Rechten sehen müssen.

»Mami, was machst du denn da?«

Kinder, Kinder! So bezaubernd die kleinen männlichen und weiblichen Racker auch sein mögen – es gibt Momente, da möchte jede Mutter einmal nicht (nur) Mutter sein, nicht (nur) Ehefrau oder Partnerin, sondern ganz für sich alleine und nur Frau. Das ist jedoch leichter gesagt als getan, denn es gibt einiges, was dagegen spricht: Die Lieblingspuppe ist spurlos verschwunden, der Lieblings-Lkw parkt unmöglich unter dem Schrank, es gibt keine Schokolade, der Apfelsaft ist leer, die Fernsehfernbedienung funktioniert nicht oder Ähnliches macht den Knirpsen schwer zu schaffen. Mit der Folge, dass die Bitte, Mami mal ein wenig schlafen zu lassen, in der nächsten Sekunde wieder vergessen ist. Schwups, geht die Tür auf, das Kind steht im Raum und fragt interessiert: »Mami, du schläfst ja gar nicht. Mami, was machst du denn da?«

Mögliche Antworten:
»Ich glaube, der Weihnachtsmann hat gerade geklingelt!«

Alternativ und von der Jahreszeit abhängig, können Sie als Überraschungsbesuch auch den Osterhasen nennen. Immer aktuell ist selbstverständlich die Lieblingstante oder Oma, die Ihrem Nachwuchs bei jedem Besuch allerhand Süßigkeiten oder tolles Spielzeug mitbringt. In der Zeit, da Sohn oder Tochter von der Neugierde getrieben zur Tür flitzen, können Sie sich schnell wieder anziehen oder Sie versuchen es mit einem Quickie.

»Spiel doch ein wenig an Papas Computer.«

Gibt es irgendwelche Dinge, ungefährliche, versteht sich, auf die Ihr Kind ein Auge geworfen hat und mit denen es aber nur selten oder gar nicht spielen darf? Papas Computer beispielsweise, Mamas Schuhe, der Gameboy, das Handy der großen Schwester – was auch immer es ist, heben Sie das Verbot kurzfristig auf. Gönnen Sie Ihrem Nachwuchs etwas Spaß, Sie werden dann schnell Ihre Ruhe haben, denn Ihr Kleiner oder Ihre Kleine wird glückselig beschäftigt sein.

»Mama braucht schnell ein Zäpfchen!«

Für die meisten Kinder sind Zäpfchen der blanke Horror und nur zu gut wissen Mädchen und Jungen, wo es reinkommt. Höchste kindliche Anteilnahme ist gewiss, und Ihr Nachwuchs wird Sie gerne für einige Minuten allein lassen.

»Geh schon mal spielen. Mama kommt auch gleich.«

Seien Sie beruhigt! Die meisten der kleinen Racker werden das Szenario, das sich ihnen da bietet, sowieso nicht verstehen und einordnen können. Suchen Sie daher nicht lange nach Entschuldigungen oder Erklärungen. Ihr Nachwuchs wird sich wahrscheinlich auch mit dem Hinweis, dass Mama gleich nachkommt, zufrieden geben und sich einfach freuen, dass Sie bald wieder seine Alleinunterhalterin sein werden. Die Hauptsache ist aber, Sie kommen dann wirklich bald – die Mehrdeutigkeit ist hoffentlich klar –, ansonsten wird Ihr Nachwuchs schnell ein zweites Mal vorbeischauen und sich dann nicht mehr so leicht abwimmeln lassen.

Apropos Kinder, was ich nicht vergessen möchte zu erwähnen: Vielleicht werden ja gar nicht Sie bei der Handarbeit erwischt, sondern entdecken Ihre eigene Tochter, wie sie es sich schön macht.

Seien Sie nicht entsetzt und schimpfen Sie bitte auch nicht mit ihr. Sie wissen hoffentlich aus eigener Erfahrung, dass Masturbation die erste und wichtigste sexuelle Fertigkeit ist, die ein Mädchen lernen sollte. Die Selbstbefriedigung ist oftmals der Schlüssel dazu, den eigenen Körper kennen zu lernen, Erregung zu spüren und somit später andere Formen der Sexualität genießen zu können.

Dazu meint auch die Psychologin Dr. Monika Thurke aus Berlin: »Gerade in der Pubertät kann die Masturbation beispielsweise gut helfen, mit dem Geschlechtstrieb umzugehen. Wenn ein Teenagermädchen weiß, wie sie sich selbst befriedigen kann, wird sie weniger wahrscheinlich dazu gezwungen sein, sich einen Sexualpartner zu suchen, bevor sie seelisch und körperlich dazu bereit ist. Denn obwohl Mädchen zumeist irgendwann zwischen zehn und 14 Jahren ihre Menstruation bekommen, ist ihr Körper in Wirklichkeit erst einige Jahre später bereit für Schwangerschaft, Geburt und Kinderpflege.«

Im Klartext: Seien Sie, liebe Leserin, froh, wenn Ihre Tochter bereits in jungen Jahren eine kleine Künstlerin auf dem Gebiet der manuellen Betätigung ist. Wäre dies nämlich nicht der Fall, würden Sie sonst vielleicht schneller Oma sein, als Ihnen lieb ist.

»Kommt alle her, hallihallo!«

So so, Sie gehören also zu den Damen, die über das bislang in diesem Kapitel Geschriebene nur milde lächeln können? Zu den Damen, die bestimmt nicht vorsichtshalber die Tür abschließen würden, weil ihnen das gehörig den Spaß verderben würde?

Gut, wenn Sie, liebe Leserin, also zu denen zählen, die das Risiko lieben und es als den besonderen Kick empfinden, beim Masturbieren möglicherweise entdeckt zu werden – machen Sie weiter so, doch seien Sie trotzdem etwas vorsichtig. Übertreiben Sie nicht! Schließlich wollen Sie doch nicht teuer dafür bezahlen, oder?

Daher denken Sie bitte an das, was ich bereits an anderer Stelle in diesem Buch erwähnte: Wenn Sie es an öffentlichen Orten treiben, wie beispielsweise in der Umkleidekabine des Kaufhauses, auf der Parkbank oder unter einer Schwimmbaddusche, sorgen Sie nicht für unnötige Aufmerksamkeit. Es gibt Mitmenschen, die sich gerne, oft und über alles aufregen und Sie schnell als ein so genanntes öffentliches Ärgernis ansehen könnten. Damit nicht genug: Denn kommen Choleriker richtig in Rage und geben keine Ruhe, machen Sie womöglich die Bekanntschaft mit Paragraph 183a des Strafgesetzbuchs. Und da dies für Sie richtig ärgerlich werden kann, möchte ich auch an dieser Stelle noch einmal darauf hinweisen: Jeder, der vor aller Augen unzüchtige Handlungen vornimmt, macht sich strafbar. Es droht eine Geldstrafe oder eine Gefängnisstrafe von bis zu einem Jahr.

Aber so weit muss es gar nicht kommen. Werden Sie in solch brenzligen Momenten lieber schnell Herrin der Lage und versuchen es mit Erklärungen wie:

»Es ist zwanghaft, ich war schon beim Arzt. Morgen komme ich in Therapie.«

Hoffen Sie auf das Mitleid der Mitmenschen. Vielleicht können sich die entsetzten Bürger doch beruhigen und zeigen Verständnis für Ihre Solosexsucht.

»Was ist los? Warum wecken Sie mich auf?«

Hören Sie abrupt mit dem lustvollen Gerubbel in der unteren Körperregion auf und reiben Sie sich verwundert die Augen. Die aufgebrachte Masse um sie herum wird dann hoffentlich bald Ruhe geben. Notorische Schlafwandler verirren sich schließlich an die ungewöhnlichsten Orte …

»Wo bin ich? Wer bin ich? Was mache ich hier?«

Spielen Sie geistige Verwirrung vor. Mit psychisch Kranken wissen die meisten Menschen nicht umzugehen. Wahrscheinlich wird sofort jemand verunsichert einen Arzt oder die Polizei rufen wollen. Doch bevor es so weit ist, drücken Sie den Umstehenden schnell die Telefonnummer einer guten Freundin oder eines guten Freunds in die Hand und stammeln: »Anrufen, in Notfällen.«

»Hey, wer stört hier die Dreharbeiten? Wo ist die Crew?«

Geben Sie sich als professionelle Pornodarstellerin aus, die am falschen Drehort gelandet ist, und kramen Sie hektisch Ihre Sachen zusammen. Verfluchen Sie dabei den Regisseur, schimpfen Sie auf die Kameraleute, telefonieren Sie über das

Handy angeblichen Maskenbildnern hinterher, schreiben Sie den verdutzten Beobachtern schnell noch einige Autogramme und suchen Sie dann schleunigst das Weite, bevor der Schwindel auffällt.

Danke, Liebes-Tantra, du machst jede Yoni glücklich!

Manipura, Svadhisthana, Ajna, Vishuddha und dann natürlich Muladhara – haben Sie alles verstanden? Wunderbar, dann sind Sie bereit für ein sexuelles Erlebnis der besonderen Art. Den Damen unter Ihnen, die jetzt irritiert die Stirn in Falten legen und bereits hektisch in ihren Fremdsprachenbüchern wälzen, sei gesagt: Sie werden dort wahrscheinlich nicht fündig werden. Es sei denn, Sie halten ein Tantra-Wörterbuch in Ihren Händen – genau von diesem Thema handelt das Kapitel.

Doch stopp! Bevor Sie, liebe Leserin, absurde Ratschläge und Praktiken für besonders gelenkige Menschen befürchten – mitnichten. Wenn es um Solosex geht, meint es das Tantra gut mit uns Frauen, und so bleiben wir von gymnastischen Verrenkungen verschont. Aber dazu später mehr inklusive der Übersetzungen.

Für den guten Zweck: Handlangereien in der Mooshöhle

Der Begriff Tantra steht für jene altindische Liebeskunst, die spirituelles und sexuelles Erleben vereint. Der Mensch soll Entspannung finden, seine Sinne schärfen, innerlich aufgebaut werden und sein Ich besser kennen lernen. Das Ziel ist die Fähigkeit, die eigene sexuelle Kraft in ihrer ganzen Bandbreite zu erkennen und somit ausgiebig nutzen zu können – gemeinsam mit anderen Menschen, aber auch alleine. Dieser Anspruch des Tantras klingt durchaus verlockend, so dass ein bisschen Fachchinesisch zum kleineren Übel wird. Ein wichtiger Begriff im Tantra ist Yoni. Er stammt, wie die bereits anfangs genannten Begriffe auch, aus der altindischen Gelehrtensprache Sanskrit, derer sich das Tantra bedient. Yoni bedeutet so viel wie kosmischer Schoß, Weidenkätzchen, Mooshöhle, kostbarer Juwel, himmlischer Lotus, heiliger Tempel, Zinnober-Höhle – im Klartext: Vagina. Sie gilt im Tantra als ein besonders hingebungsvolles und empfangendes Organ. Die Yoni kann sowohl positive als auch negative Energien in sich tragen. Diese Energien sind zum Teil sehr alt und haben sich über Generationen hinweg angesammelt. Der Ursprung negativer Energien könnte beispielsweise zurückgeführt werden auf die jahrhundertelange Unterdrückung der weiblichen Sexualität. Nach Lehre des Tantras hat dies zu Barrieren und Ängsten im Schoßraum geführt, die noch heute immer wieder neue Blockaden entstehen lassen.

Probleme in der heutigen Zeit kommen hinzu, zum Beispiel der alltägliche Jobstress, Krisen in der Partnerschaft, finanzielle Sorgen, durch die Erziehung aufgebaute Scham gegenüber den eigenen sexuellen Bedürfnissen oder Menstruationsbeschwerden. Die Unterleibsgegend der Frau reagiert darauf mit Verspannungen. Doch diese Blockaden können durch das Tantra gelöst werden. Zudem verspricht seine Praktizierung Wohlbefinden und eine Menge Spaß. Deshalb lade ich Sie, liebe Leserin, zu einer Yoni-Massage ein.

Ihren Ursprung hat die Yoni-Massage hauptsächlich im chinesischen Taoismus, doch viele der in diesem Zusammenhang verwendeten Elemente und Begriffe stammen aus dem indischen Tantra. Die alten Chinesen standen der weiblichen Selbstbefriedigung schon immer offen gegenüber. Der Grund war die üppige sexuelle Lebensenergie, also das Ching Chi, der Frauen. Davon hatten die Damen tatsächlich so viel zu bieten, dass Männer keine Angst haben mussten, beim Sex mit einer Frau leer auszugehen. Auch gelegentliche Soloausflüge konnten das weibliche Chi kaum schwächen beziehungsweise den Austausch von männlichem und weiblichem Chi gefährden. Um ein stark vermindertes Chi zu haben, müsste eine Frau schon über Jahre hinweg mehrere Orgasmen an jedem Tag haben – zwar äußerst nett, aber eher unwahrscheinlich. Schließlich gibt es auch noch einige andere Dinge im Leben zu erledigen, als sich ganz dem (Solo-)Sex hinzugeben.

Das ist einer der Gründe, weshalb die alten Chinesen der Masturbation offen gegenüberstanden. Frauen am Hofe wurde sogar geraten, durch ein wenig Spaß mit sich selbst die Vaginalmuskeln zu stärken. Zudem war man davon überzeugt, dass Selbstbefriedigung das Selbstvertrauen stärke.

Doch zurück zur Yoni-Massage. Nach der taoistischen Philosophie wird durch Genitalmassagen, wie die Yoni-Massage auch eine ist, eine bestimmte Energie aufgebaut und freigesetzt: das so genannte Ching Chi. Ching Chi ist im Ruhezustand im Sexual-Chakra gebunden, durch die Massage verteilt es sich im gesamten Körper. Wahrgenommen wird dieser Vorgang durch Gefühle von Lust, Lebendigkeit und ein inneres Kribbeln.

Eine äußerst erfahrene Tantrikerin ist die Französin Margo Anand. Als Diplompsychologin und Sexualtherapeutin sowie Begründerin des *Sky Dancing Tantra* ist sie Autorin von mehreren Büchern über Tantra und arbeitet in Bezug auf die sexuelle Energie mit dem gedachten Bild einer inneren Flöte.

Diese innere Flöte liegt auf einer vertikalen Linie im Körper – vom Schoß hoch bis zum Gehirn. Durch die Öffnung und Beherrschung der inneren Flöte wird ein deutliches Gefühl von Vitalität, Verjüngung und gesteigerter sexueller Energie erzeugt. Gibt es bei der Holzvariante des Musikinstruments jedoch sieben Fingerlöcher, um ihm bezaubernde Töne zu entlocken, sind es bei der inneren Flöte die sieben Energiezentren des Körpers – die so genannten Chakren. Diese sind mit der Wirbelsäule verbunden und stehen untereinander über Kanäle in Verbindung.

1. Das Wurzel-Chakra (Muladhara):
Das erste Chakra, Muladhara, liegt zwischen Steißbein und dem Genitalbereich. Nach unten geöffnet, nimmt es von dort Energien auf und verbindet uns mit der Erde. Mit ihm assoziiert werden das Gebären und unsere Empfindungen, die sich auf Leben und Überleben beziehen. In diesem Chakra liegt die erste Bewusstseinsstufe des Menschen, es ist der Ursprung unserer Lebensenergie und körperlichen Wohlbefindens und bedeutet Urvertrauen. Ist das Wurzel-Chakra blockiert, äußert sich dies zum Beispiel in Form von Verdauungsstörungen oder unkontrollierter Sexualität. Fließt die Energie jedoch ungehindert durch dieses Chakra, erfährt man innere Stärke und Zufriedenheit.

2. Das Sakral-Chakra/Sexual-Chakra (Svadhisthana):
Das zweite Chakra liegt im Unterbauch oberhalb der Genitalien. Störungen in diesem Bereich führen unter anderem zu Scham und Verklemmtheit. Darüber hinaus kann die Lebensfreude verloren gehen. Fließt die Energie ungehindert durch dieses Zentrum, fühlt man sich stark und vital und die Scham kann abgelegt werden. Man spürt die Lebendigkeit, die ein gesunder und entspannter Körper offenbart.

3. Das Solarplexus-Chakra/Nabel-Chakra (Manipura):
Ort der Juwelen ist die deutsche Übersetzung des Worts Manipura. Das Solarplexus-Chakra sitzt zwischen Rippenbogen und Nabel. Es symbolisiert Ausstrahlung und Ausdehnung. Bei freiem Energiefluss versprüht die Person Charisma und empfindet Selbstbewusstsein und Zugehörigkeit. Dementsprechend und bezogen auf eine Partnerschaft haben Liebende dann auch das Gefühl, eine gleichberechtigte Beziehung führen zu können.

4. Das Herz-Chakra (Anahata):
Das Herz-Chakra liegt in der Mitte einer gedachten horizontalen Linie zwischen den Brustwarzen. Wie der Name schon sagt, symbolisiert es alles, was mit dem Herzen zu tun hat: Liebe und Mitgefühl beispielsweise. Daher kann die sexuelle Energie als Wunsch wahrgenommen werden, mit dem Partner zu verschmelzen. Natürlich ist auch die Selbstliebe ein wichtiger Aspekt, das Verzeihen von eigenen Fehlern, sich selbst anzunehmen und schätzen zu lernen. Blockaden in dem Herz-Chakra können unter anderem auch durch das Festhalten an alten Moralvorstellungen hervorgerufen werden, aber auch, wenn Liebe mit Lust verwechselt wird.

5. Das Kehlkopf-Chakra/Hals-Chakra (Vishuddha):
Das fünfte Chakra ist das Sprungbrett zu Kreativität und höheren Dimensionen von Seele und Geist, es symbolisiert die Kommunikation. Wenn dieses Chakra geöffnet ist, erfahren wir Antriebskraft und Tatendrang, unsere Ausdrucksstärke wird zunehmen. Dementsprechend fällt es auch leichter, die eigenen Wünsche klar zu äußern.

6. Das Stirn-Chakra/Dritte Auge (Ajna):
Das Stirn-Chakra hat seinen Sitz zwischen den Augenbrauen und gilt als Zentrum für tiefe nonverbale Kommunikation über die Augen. Es symbolisiert Schöpfung; mit dem Chakra weiterhin verbunden ist die Intuition. Bei freiem Fluss der sexuellen Energie empfinden wir ein besonderes Gefühl der Freiheit.

7. Das Scheitel-Chakra/Kronen-Chakra (Sahasrara):
Erreicht die Energie den Scheitel, spürt man eine tiefe Verbundenheit mit allen Wesen und dem göttlichen Prinzip, wir erfahren Spiritualität und gewinnen Zufriedenheit. Bei einer Blockade jedoch können wir beispielweise einen mangelnden Lebenswillen spüren. Das Chakra gilt als der Sitz der Seele und als Pforte zum erfüllbaren Kosmos.

Sieben Chakren, die miteinander und füreinander arbeiten. Jedes einzelne Chakra beeinflusst die Energie der anderen. Ist ein Chakra beispielsweise verspannt oder aus dem Gleichgewicht geraten, beeinträchtigt das auch alle weiteren Chakren und verringert ihre Intensität und Lebenskraft. Wird dagegen ein Chakra geheilt und entspannt, belebt das auch sämtliche andere Chakren.

Durch die Yoni-Massage werden vor allem das Sexual-Chakra und das Herz-Chakra entspannt und miteinander verbunden. Das ist eine gute Voraussetzung, um auch die anderen Chakren zu entspannen und somit ein komplexes sexuelles wie spirituelles Erlebnis zu erfahren. Bringen Sie Ihrer inneren Flöte also gekonnt die Töne bei – es lohnt sich.

Lust erleben – Step-by-Step

Statt ruckizucki sofort sexuell aktiv zu werden, lässt sich Tantra Zeit mit den schönen Dingen. Und genau das sollten Sie auch tun. Gönnen Sie sich ausgiebige Momente, in denen Sie genießen, entspannen, sich fallen lassen und sexuelle Erfahrung sammeln sowie Befreiung und Befriedigung erfahren. Erleben Sie die Yoni-Massage Step-by-Step, bewusst und in ganzen Zügen:

Haben Sie alle wichtigen Vorbereitungen getroffen, so dass Sie auch ja keine unliebsamen Störenfriede unterbrechen können? Zünden Sie Räucherstäbchen oder eine Duftkerze an und legen Sie entspannende Musik auf. Prüfen Sie, ob die Temperatur in Ihrem Raum angenehm ist, so dass Sie während der Massage nicht anfangen zu frieren. Um eine sinnliche Atmosphäre zu schaffen, empfiehlt es sich auch, den Raum leicht abzudunkeln und eine weiche Decke als erotische Spielwiese zurechtzulegen. Streifen Sie dann die Kleidung ab und suchen sich einen für Sie angenehmen Platz, zum Beispiel auf genannter Decke oder dem Bett. Da für die Massage Öl verwendet wird, sollten Sie zum Schutz von Bettlaken oder Ähnlichem ein Handtuch unterlegen.

Die Yoni-Massage kann sowohl stehend, liegend als auch

sitzend durchgeführt werden, so dass Sie hier ganz auf ihre eigenen Vorlieben Rücksicht nehmen können.

Geben Sie etwas lauwarmes Massageöl in Ihre Hände. Es empfiehlt sich, vorher eine kleinere Menge Öl in einem Wasserbad leicht anzuwärmen. Damit Ihre Hände auch angenehm warm sind, reiben Sie vor Beginn der Massage mehrmals die Handflächen schnell aneinander.

Jede Yoni-Massage beginnt mit einer ausgiebigen Ganzkörpermassage. Lassen Sie die Hände über Ihren Körper gleiten und massieren Sie erst sanft Beine, Bauch, Hüften und Brüste. Konzentrieren Sie sich jetzt noch nicht auf die Klitoris, sie wird später verwöhnt. Spüren Sie zunächst Ihre Haut, schalten Sie das Denken ab und geben Sie dem Genießen eine Chance. Streicheln Sie mit den Händen, alternativ auch mit einem Vibrator oder einem Dildo, über Ihren Körper. Es gibt kein Zeitlimit, keine bestimmten Griffe. Tun Sie das, was Ihnen gefällt – so lange, bis Sie merklich entspannen.

Träufeln Sie etwas Massageöl auf den Venushügel der Yoni. Nehmen Sie gerade so viel, dass das Öl die äußeren Schamlippen und die Außenseite der Yoni entlangläuft. (Tipp: Legen Sie ein Tuch unter Ihren Körper. So vermeiden Sie, dass Öl auf den Teppich oder den Holzfußboden gelangt und fiese Flecken hinterlässt.) Beginnen Sie damit, sanft die äußeren Schamlippen und den Venushügel zu massieren. Lassen Sie Ihre Finger mit leichtem Druck über den Hügel streichen, tätscheln und klopfen Sie leicht den Venushügel und lassen Sie Ihre Finger hinabgleiten zwischen Schenkel und Schamlippen. Sie können nun spüren, wie Ihre Erregung zunimmt. Doch geben Sie der Lust nicht sofort nach. Genießen Sie lieber die Berührungen und kosten Sie die Nähe zu sich selbst aus.

Ein ganz wesentlicher Punkt bei der Yoni-Massage ist das

Herzatmen – ein kräftiges Einatmen in der Herzgegend, nicht in der Bauchgegend. Halten Sie kurz inne mit der Massage und konzentrieren Sie sich auf dieses Atmen. Atmen Sie dreimal kräftig ein und aus und setzen Sie die Massage mit diesem bewussten Herzatmen fort.

Drücken Sie die äußeren Schamlippen sanft mit Daumen und Zeigefinger und rutschen die gesamte Länge der Lippen auf und ab. Nicht einmal, nicht zweimal, sondern so oft, wie Sie möchten. Variieren Sie in der Druckstärke und Schnelligkeit und tun Sie dann dasselbe mit den inneren Lippen der Yoni.

Wenn Sie die sexuelle Energie noch nicht spüren können, hier ein kleiner Tipp: Im Tantra findet der so genannte PC-Muskel eine besonders wichtige Bedeutung, wenn es um die Steigerung der sexuellen Energie und Lust geht. Dieser Muskel sitzt im Beckenboden und verbindet Anus und Genitalien mit den Gesäßknochen und Beinen. Er kontrolliert das Öffnen und Schließen von Harnröhre, Vagina und Anus.

Um den PC-Muskel zu trainieren, spannen Sie die Muskeln von Scheide und After an und atmen dabei tief ein. Beim langen Ausatmen lösen Sie die Spannung wieder. Diese Übung machen sie mehrmals hintereinander. Durch sie können Sie Ihre sexuelle Lust steigern. Das bedeutet auch, dass Ihre sexuelle Energie das Spiel auf der inneren Flöte beeinflusst und auf dieser hinaufschießt. Das Trainieren des PC-Muskels können Sie übrigens auch gut in die Yogi-Massage einbauen.

Wenn Sie die vollkommene Entspannung erreicht haben, Sie ganz bei sich sind und von Ihren Sinnen und der Lust gesteuert werden, führen Sie den Mittelfinger der rechten Hand langsam in Ihre Yoni ein. Wichtig ist, dass Sie darauf achten, den rechten Mittelfinger, und nicht den linken, zum Einsatz zu bringen.

Denn im Tantra gilt die rechte Hand als die gebende und die linke Hand als die nehmende. Erforschen und massieren Sie mit dem rechten Mittelfinger sanft die Innenseite der Yoni. Fühlen Sie nach oben, nach unten und an den Seiten. Lassen Sie den Finger sanft im Inneren der Yoni hin und her gleiten und kreisen. Verändern Sie beim Erforschen auch die Tiefe des Eindringens, die Geschwindigkeit der Bewegungen und den Druck.

Biegen Sie den Mittelfinger im Innern der Yoni ein wenig zur Handinnenfläche, so dass er in einer Komm-her-Geste geformt ist. Sie werden so eine äußerst weiche Fläche im Gewebe direkt hinter dem Schambein berühren. Dies ist der G-Punkt, im Tantra der heilige Bereich.

Wichtig und der große Unterschied zu anderen Selbstbefriedigungsmethoden ist, dass Sie sich nicht so sehr auf die Klitoris konzentrieren sollen, auch dann nicht, wenn Sie diese Berührungen sehr schnell sexuell erregen. Das Tantra konzentriert sich nicht nur auf die sexuelle Befriedigung. Vielmehr sollen aufgebaute Spannungen in Entspannung umgewandelt werden. Es geht um ein ganzheitliches Körpererlebnis inklusive sinnlicher Gefühlssteuerung, wobei die mentale Energie, über den ganzen Körper verteilt, in eine vitale Energie umgewandelt werden soll.

Ganzkörperorgasmus? Alles kann sein, muss nicht

Erwarten Sie bei Ihrer ersten Yoni-Massage nicht gleich den ultimativen Orgasmus. Dies ist nicht das Ziel, vielmehr geht es darum, entspannt sich selbst und seine Yoni kennen zu lernen und zu erfreuen.

Trotz allem kann die Kombination von Herzatmen, einem tiefen Einatmen in den Brust- beziehungsweise Herzbereich, und der gleichzeitigen Entspannung durch die Massage in einem sensationellen Ganzkörperorgasmus gipfeln.

Genauer gesagt ist die Rede vom so genannten *Big Draw* (großes Emporziehen), einer taoistischen Spezial-Technik. Dabei implodiert der Orgasmus ins Innere des Körpers und explodiert nicht wie sonst üblich nach außen. Beim *Big Draw* verteilt sich die aufgebaute sexuelle und erotische Energie im gesamten Körper, wird zu strömender Wärme und zu einem wohligen Schaudern. Fühlen sich viele nach einem Orgasmus geschwächt und ausgepumpt, spendet diese Technik Energie und Tatkraft. Neugierig geworden? Kein Problem, der *Big Draw* zum Ende einer Yoni-Massage lässt sich erlernen und ein wenig steuern.

Achtung: Sollte Ihnen bei den folgenden Atemübungen schwindelig werden oder Sie spüren, dass Ihr Kopf hochrot anläuft, hören Sie bitte sofort auf und gönnen Sie sich eine Pause.

Atmen Sie langsam ein und tief aus. Achten Sie darauf, dass auch das letzte bisschen Luft im Körper ausgeatmet wird. Gut gelingt dies zum Beispiel, wenn Sie mit einem lang gezogenen *Fffff* die Luft hinauslassen. Durch dieses komplette Ausatmen kommt es anschließend fast automatisch zum richtigen Einatmen in den Bauchraum. Nehmen Sie einen tiefen Atemzug, spannen Sie die Aftermuskulatur sowie auch alle anderen Muskeln in Ihrem Körper an. Halten Sie die Luft mindestens eine Minute lang. Ballen Sie dabei die Fäuste, und wenn Sie möchten, winkeln Sie auch die Knie an.

Beim Ausatmen entspannen Sie sich und verfolgen, was jetzt in Ihrem Körper passiert.

Es mag Ihnen nicht wie ein üblicher Orgasmus vorkommen, aber dies ist, wie bereits erwähnt, auch nicht das Ziel. Wichtiger ist ein orgastischer Zustand, die Verbindung der Atemaufladung mit dem frei werdenden Ching Chi.

Hoch die prominenten Bettdecken! Wie halten es Stars und Sternchen mit einer Solonummer?

Schon seit einiger Zeit langweilte mich das Gerede und Gemauschel darüber, ob Britney Spears noch Jungfrau ist oder nicht. Auch die Musik der amerikanischen Sängerin wollte mich nicht so recht überzeugen, und so hätte ich das junge Blondinchen, Jahrgang 1981, schon fast in die Schublade zu all den anderen Popsternchen gesteckt.

Doch Britney hat sich gemausert und gehört mittlerweile zu den wenigen Prominenten, die sich offen und selbstbewusst zum Thema Selbstbefriedigung äußern. Als sie beispielsweise das US-Magazin *People* im Rahmen eines Interviews auf das Thema Masturbation ansprach, antwortete die Sängerin sinngemäß: »Ich denke, wenn man sagt, dass man es nicht tut, lügt man. Es ist eine gute Sache, sich selbst zu verwöhnen. Ich tue es zwar nicht häufig, aber durch Masturbation sind Frauen nicht unbedingt von Männern abhängig.«

Doch damit nicht genug. In der britischen Zeitung *Sun* legte Britney nach und betonte: »Ich empfinde es als etwas absolut Positives, wenn man sich selbst ab und zu sexuell verwöhnt.« Selbst an wen sie bei der erotischen Selbstversorgung denkt, gab die Spears bereitwillig preis, und meinte, George Clooney und Brad Pitt würden ihre Fantasie beflügeln. Angeblich ziert ein Foto von ihr und George Clooney auch als einziges Bild Britneys New Yorker Wohnung.

Für diese gelungenen Statements verdient Britney einige Sympathiepunkte, zumal sie ihren Altersgenossinnen ein gutes Vorbild darin ist, ohne Scheu mit dem Thema Masturbation umzugehen. Die Sängerin macht ihrem Ärger über die Ungleichbehandlung von Mann und Frau nicht nur Luft (»Jungs können darüber sprechen. Warum können Mädchen es nicht?«), sondern geht auch deutlich in die Offensive. Auf ihrem Album *In the Zone*, das im Jahr 2003 erschienen ist, gibt es den Song *Touch of my Hand*, der ausschließlich von Masturbation handelt. Neugierig? Nachfolgend gerne ein Textauszug:

»(…) I love myself
It's not a sin
I can't control what's happenin' (…)
Another day without a lover
The more I come to understand
The touch of my hand (…)«

(…) Ich liebe mich selbst
es ist keine Sünde
ich kann nicht kontrollieren, was geschieht (…)
noch einen Tag ohne Lover
umso mehr lerne ich
die Berührung meiner Hand zu verstehen (…)

Die Pop-Prinzessin ist aus ihrem langweiligen Dornröschenschlaf erwacht. Dafür verantwortlich war in diesem Fall kein Prinz, sondern die Königin des Pops höchstpersönlich – Madonna. Sie züngelte bei der Veranstaltung MTV Awards 2003 mit der jungen Britney und ist bekanntermaßen auch keine Kostverächterin in puncto Selbstbefriedigung. Gerade in den jungen Jahren ihrer Karriere machte der Superstar kein Geheimnis daraus und fasste sich auch auf der Bühne selbstbewusst zwischen die Beine. Dazu meinte sie in der *Bild*-Zeitung (Ausgabe vom zwölften August 1993): »Das ist bei mir wie ein Knopf – wenn ich dort hingreife, geht die Musik an.« Noch mehr über ihre sexuellen Fantasien, Sadomaso, Telefonsex und die Masturbation, erzählte Madonna in ihrem Skandal-Buch *Sex,* das im Jahr 1992 erschienen ist. Allein in der ersten Woche wurden eine halbe Million Exemplare verkauft. Mittlerweile wird das Buch bei Internet-Auktionen für bis zu 300 Dollar gehandelt.

Preisgünstiger und doch nicht weniger heiß ist die Pop-Diva übrigens in ihren Videos zu sehen. In *Like a Prayer* zum Beispiel spielt sie sogar mit einem Kruzifix.

Heilige Madonna! Etliche Christen und Moralapostel fanden das gar nicht unterhaltsam, sprachen von Blasphemie und gingen in die Offensive. So drohten sie der Firma *Pepsi Cola*, die zu dieser Zeit mit Madonna warb, mit dem Boykott ihres Getränks. Viel Aufregung – sogar die geplante *Like-a-Prayer-Tournee* wurde abgesagt – auch im erzkatholischen Italien, woher die Sängerin stammt. Denn wenn es um Solosex geht, verstehen die Italiener wenig Spaß.

Diese leidige Erfahrung machte auch Gianna Nannini. Mit ihrem 1979 erschienenen Album *California* sorgte die italienische Sängerin in ihrem Heimatland für einen Skandal: Auf dem Cover der Platte hielt die amerikanische Freiheitsstatue statt einer Fackel einen Vibrator in der Hand. Doch damit nicht genug. Wortgewandt befürwortete die damals 23-Jährige in ihrem Titel *America* die Selbstbefriedigung und sang darin unter anderem:

»(…) per oggi sto con me mi basto
nessuno mi vede
e allora accarezzo la mia solitudine
ed ognuno ha il suo corpo a cui sa cosa chiedere (…)
ma quanta fantasia ci vuole per sentirsi in due (…)«

(…) Heute bin ich mit mir alleine, das reicht mir
niemand sieht mich
und so streichle ich meine Einsamkeit
und jeder hat seinen Körper, den er fragen kann (…)
wie viel Fantasie braucht man, um sich zu zweit zu fühlen (…)

Das war zu viel für die Italiener und führte größtenteils zum Verbot des Songs in ihrem Land. Den Erfolg der Single konnten die Südländer damit allerdings nicht stoppen. Im Gegenteil, die ganze Aufregung um das Lied sorgte dafür, dass man mehr und mehr auch im Ausland auf Gianna Nannini aufmerksam wurde und *America* in Deutschland, der Schweiz und Österreich den Sprung in die Charts schaffte. In einem Interview neueren Datums sagte Gianna gelassen: »Heute wäre das nicht mehr so problematisch. Wer regt sich heute schon über einen Vibrator auf? Höchstens die, die noch keinen haben.«

Auch die Schauspielerin Jamie Lee Curtis (sie spielte unter anderem mit in *Ein Fisch namens Wanda, My Girl, Forever Young*) nimmt kein Blatt vor den Mund und geht gerne in die Offensive. Befragt einmal nach ihrem Lieblingshobby, antwortete die Amerikanerin trocken: »Masturbation – ein großartiger Zeitvertreib!«

Eine Meinung, die ebenfalls einige deutsche Promi-Damen vertreten. Allen voran und als Paradebeispiel immer wieder gerne erwähnt: Nina Hagen. Zugegeben, sie ist ein schräger

Vogel, der die Gemüter spaltet. Sie hat eine große Klappe, ihre Lieder sind nicht gerade tanzbar, geschweige denn charttauglich und ihr Modestil schreit nicht unbedingt nach Nachahmung. Doch die Rockröhre bekennt sich wenigstens öffentlich zur Selbstbefriedigung und weiß genau, wie sie zu praktizieren ist.

Falls Sie, liebe Leserin, nun nicht wissen, wovon ich rede, rufe ich Ihnen gerne den neunten August 1979 in Erinnerung. Damals war die Sängerin zu Gast in der österreichischen Talkshow *Club 2* und demonstrierte in knallengen Lederhosen einige nette Praktiken und Handgriffe, mit denen frau zum Höhepunkt gelangt. Da es eine Livesendung war, konnte die frivole Soloeinlage nicht gestoppt werden. Gut so, allerdings bedeutete dies für den damaligen Moderator, Dr. jur. Dieter Seefranz, das Ende seiner Karriere. Er wurde zur Wetterkarte versetzt. Für die damals 24-jährige Nina Hagen aber war es der Durchbruch. Denn nach diesem gelungenen Anschauungsunterricht in Sachen Selfsex kannte sie jeder.

Auch die um einige Jahre jüngere Sängerin und Schauspielerin Jeanette Biedermann (*Gute Zeiten, Schlechte Zeiten*) weiß, dass die Anwesenheit von Partnern keine Pflicht ist, wenn es um Sex geht. Somit sind die Zeiten als Single für sie noch lange kein Grund zum Trübsalblasen, geschweige denn Zeiten ohne Sex. In einem Interview mit *Bild Online* bekannte sie, dass sie ihr Liebesleben eigenständig gestaltet: »Ich brauche keinen Mann zum Sex«, meinte Jeanette und fügte hinzu: »Es gibt ja auch noch andere Mittel und Möglichkeiten.«

Lobenswert! Das klingt doch nach einem gesunden Selbstbewusstsein, ganz so, wie wir es von ihrer amerikanischen Kollegin Britney Spears kennen. Übrigens: Auch Jeanette ist Jahrgang 1981, und dass sich doch eher jüngere Damen so offen zum Thema Selbstbefriedigung äußern, liegt sicherlich auch an verschiedenen Filmen aus den letzten Jahren und Jahrzehnten. Denn gerade in neueren Kino- und Fernsehproduktionen wird Hand angelegt und Vibratoren gehören wie selbstverständlich zur Requisite.

Zum Beispiel in dem Film *Sliver* verwöhnt sich die blonde Hollywood-Schauspielerin Sharon Stone genüsslich selbst. Ebenso besorgt es sich Jennifer Jason Leigh im Film *Weiblich, ledig, jung sucht,* und besonders engagiert zeigt sich Naomi Watts in David Lynchs *Mulholland Drive*.

Es ist wahrlich nicht schlecht, was diese Damen vor der Kamera präsentieren. Doch ist es fast Kinderkram verglichen mit dem, was Sarah Jessica Parker, Kim Cattrall, Cynthia Nixon und Kristin Davis zeigen, die wahrscheinlich besser bekannt sind als Carrie, Samantha, Miranda und Charlotte. Das Quartett sorgt für besonders viel Furore. Locker und frech plaudern die Frauen in der TV-Serie *Sex and the City* über die schönste Nebensache der Welt, inklusive Zubehör, und scheuen dabei vor keinen Aktivitäten zurück. In Folge neun der ersten Staffel beispielsweise ist sich die rothaarige Anwältin Miranda ziemlich sicher, dass Männer sowieso bald völlig überflüssig werden. Wozu gibt es schließlich Vibratoren? Doch Vorsicht, es droht Suchtgefahr! Diese Erfahrung macht die brünette und sonst eher konservative Charlotte. Als sie sich zum Vibrator-Junkie entwickelt, entfernen die Freundinnen das gute Stück kurzerhand aus ihrer Wohnung.

So geht es weiter, herrlich tabulos, Episode um Episode. In der vierten Staffel zum Beispiel verguckt sich Samantha in einen feschen Priester, an den sie beim Masturbieren fortan ständig denken muss. Klar bereitet ihr das einige Magenschmerzen und deswegen wird unter den Freundinnen Tacheles geredet.

Bei einem Drink besprechen die Girls ihre Masturbations-Fantasien.

Dafür danke, Carrie, Samantha, Miranda und Charlotte. Denn auch wenn ihre Dialoge natürlich von den Drehbuchautoren vorgegeben sind – durch Serien wie *Sex and the City* sind erotische Handlangereien praktisch salonfähig geworden und gehören mittlerweile zum Leben einer modernen Frau dazu.

Männerfreie Zone aufgehoben: Masturbation macht auch mit dem Partner Spaß

Meine Damen, die Sie dieses Buch in den Händen halten und sich bis zu dieser Seite durchgelesen haben, dringend möchte ich Ihnen noch sagen: Schwören Sie dem männlichen Geschlecht nicht ganz ab! Männer, zumindest fast alle, sind keine schlechten Menschen. Im Gegenteil: Zahlreiche Herrschaften können uns Frauen viel Vergnügen bereiten. Und damit Sie, meine Damen, genau diesen möglichen Spaß mit Männern im Bett haben, sollten Sie sich nach Herzenslust selbst befriedigen. Denn ein erfülltes Solosexleben kann sehr viel zu einer ausgewogenen partnerschaftlichen Erotik beitragen.

Befriedigen Sie sich aber nicht und hoffen darauf, Ihre Fantasien und Wünsche mit dem Partner ausleben zu können, kann es bei Nichterfüllung schnell zu Frustrationen kommen. In Krisenfällen führt das unerfüllte Sexleben sogar zu Depressionen und hat nicht selten das Ende der Partnerschaft zur Folge. Wenn Sie sich also nicht schon längst von Ihrem Typen trennen wollten, legen Sie also bitte weiter Hand an. Die Qualität und Intensität der Selbstbefriedigung nimmt schließlich nicht ab, wenn Sie einen Partner haben.

Sollte sich jedoch einmal nicht die Zeit für ungestörte Alleingänge ergeben, kann die Selbstbefriedigung auch hervorragend in das Sexspiel zu zweit integriert werden und ist dort mitunter sogar vonnöten.

Offenes Vorspiel

In der Hoffnung, dass beim Begriff Vorspiel kein Fragezeichen auf der Stirn Ihres Partners auftaucht, will ich gar nicht lange um den heißen Brei herumreden: Gönnen Sie es sich und Ihrem Liebsten – ein Vorspiel mit bewährten und Ihren bevorzugten Handgriffen. Masturbieren Sie vor Ihrem Partner und/oder befriedigen Sie sich beide nebeneinander selbst.

Anfangs mag es ein wenig Überwindung kosten, sich vor einem anderen Menschen den eigenen Gefühlen ganz hinzugeben. Manche Paare brauchen dafür auch mehrere Anläufe, in denen sie dann lernen, sich fallen zu lassen. Diese Art des Vorspiels sollte deshalb auch nicht nach dem ersten gescheiterten Versuch ad acta gelegt werden. Gleiches haben Sie ja auch nicht nach einem vielleicht misslungenen ersten Geschlechtsverkehr getan, oder? Probieren Sie es weiter aus. Sie müssen und sollten auch nicht Ihre Masturbationsvorlieben bei Festtagsbeleuchtung an den Mann bringen. Bei Kerzenschein oder gedämmtem Licht ist es romantischer und die Atmosphäre entspannter.

Diese Form von Sex und Offenheit lohnt sich in jedem Fall. So erfährt der Partner beim Zuschauen: Wie berührt sie ihre Brüste? An welchen Stellen streichelt sie sich gerne? Wie stimuliert sie ihre Klitoris? Führt sie sich einen oder mehrere Finger in die Vagina ein? All das sind wichtige Informationen für den Partner. Er wird sie sich merken, um sie beizeiten an Ihnen praktisch wie erfolgreich anwenden zu können. Zudem kann es den Partner beruhigen und Druck von ihm nehmen, wenn er sieht, dass Sie auch ohne ihn zum Höhepunkt kommen können.

Ein weiterer Vorteil ist auch, dass Sie bei diesem Vorspiel

das tun können, was Ihnen gefällt und was Sie erregt. Es ist Ihre Chance. Darum sollten Sie die Sache selbstbewusst angehen. Und da es um Sie geht, möchte ich noch erwähnen: Es liegt an Ihnen, ob Sie Ihrem Partner einige Ihrer Geheimnisse über den Solosex verraten möchten, was Ihre erotischen Fantasien sind, Ihr Sexspielzeug oder Ihre liebsten Stellungen. Für die in das Vorspiel eingebaute Masturbation ist das Vertrauen in den Partner eine große Voraussetzung. Ist es vorhanden, wird es Ihnen leichter fallen, die Selbstbefriedigung offen auszuleben. Konnte ein tiefes Vertrauen noch nicht aufgebaut werden, wird es auch als schwieriger empfunden werden, viel von sich preiszugeben.

Es kann ein gehöriger Kick sein, sich beim Masturbieren etwas unartig zu geben und etwas zu tun, was der Partner nie von einem vermutet hätte. Allerdings, wenn er alles weiß, ist dieser Reiz plötzlich nicht mehr da. Also, Sie entscheiden, was und wie viel Sie von Ihren geheimen Masturbationsvorlieben verraten möchten!

Erfolgreiches Zwischenspiel

Verschiedene Positionen, variierende Stoßkraft, und dazu streichelt der Partner liebevoll ihre Brüste. Der Mann macht sich also ganz gut, trotzdem kann es auch bei nahezu perfektem Sex nicht schaden, wenn frau weiß, wie sie durch Selbstbefriedigung einen Höhepunkt erreicht.

Laut einer online durchgeführten Umfrage auf der Internetseite *Glamour.com* im Jahr 2000 kommen nur die wenigsten Frauen bei der direkten Penetration zum Orgasmus. Die Mehrheit, genauer gesagt 62 Prozent, muss zusätzlich stimuliert werden. Selbstverständlich könnte dieser Job auch von dem Partner übernommen werden, doch a) sind viele von ihnen viel zu sehr mit sich selbst und dem Sex an und für sich beschäftigt, b) gibt es Stellungen, bei denen sie gar nicht gut an die Klitoris oder die Brüste der Frau herankommen beziehungsweise die Hände nicht frei haben (Beispiel: Die Frau liegt auf dem Rücken, streckt die Beine in die Höhe und der Mann umfasst ihre Knöchel), c) wissen viele Männer nicht, wie sie eine Frau manuell richtig befriedigen können, d) denken einige, dass zusätzliches Handanlegen doch nicht vonnöten ist. Die logische Folge dieser Auflistung ist, dass Sie diesen Job selbst übernehmen!

Schämen Sie sich bitte nicht, wenn Sie sich während des Geschlechtsverkehrs durch das eigene Streicheln und Kneten der Brüste, das direkte Stimulieren der Klitoris oder auch durch das Eindringen mit dem Finger in den Po gehörig in Fahrt bringen. Sehen Sie es als das Selbstverständlichste der Welt an. Nur so werden Sie dem Partner das schlechte Gewissen rauben, der sonst schnell denken könnte, dass er Ihnen nicht genug ist oder sich beim Sex nicht auskennt. Machen Sie also kein großes Aufheben um Ihr Schaffen.

Es ist simpel ein Zeichen dafür, dass

- Sie sich wohl fühlen und keine Hemmungen haben,
- Sie Ihren Körper kennen und wissen, was Sie erregt,
- Sie mit dem Partner gemeinsam Spaß haben möchten und
- Sie dafür selbst die Verantwortung übernehmen.

Stimulieren Sie sich ungeniert und genießen Sie die Erregung. Wenn Sie dann einen Orgasmus gemeinsam mit dem Partner haben, wird dieser sich freuen, dass Sie die Finger im Spiel hatten.

Natürlich, auch das erleben einige Frauen von uns leider immer wieder: Der Mann grunzt zufrieden, atmet einmal tief, gibt schnell noch ein Küsschen und verabschiedet sich voll befriedigt ins Land der Träume. Nicht aber so die Frau. Sie ist leer ausgegangen, Orgasmus gleich Fehlanzeige.

Ursachenforschung ...
Vielleicht ist der Mann ein Egoist, der nur auf seinen eigenen Spaß aus ist und es deshalb nicht einsieht zu warten, bis auch die Frau auf ihre Kosten gekommen ist. Anmerkung: Solche Herrschaften sollten Sie, meine Damen, schleunigst vor die Tür setzen. Selbstverständlich können wir Frauen einem Typen keine Garantie auf unseren Orgasmus abverlangen, aber ein bisschen Mühe muss sein.

Vielleicht hat der Mann sich auch tatsächlich ins Zeug gelegt, war aber total angeheizt von so viel scharfer Weiblichkeit und konnte zu seinem eigenen Leid nicht an sich halten. Das kann jedem einmal passieren. Also, nicht böse sein und nicht schimpfen. Lieber gut zusprechen, vielleicht gibt es dann einen zweiten Teil der erotischen Aktivitäten.

Vielleicht weiß der Partner einfach nicht, was seine Gespielin mag, und hat sie deswegen schlecht oder gar nicht erregt. Daran lässt sich etwas ändern. Reden Sie mit Ihrem Herzbuben, teilen Sie ihm Ihre Wünsche mit. Außerdem sollten Sie beim erotischen Vorspiel dringend vor seinen Augen masturbieren, damit er Ihre Vorlieben kennen lernt.

Was immer auch die genauen Gründe für die nur wenige Minuten zurückliegende Nullnummer gewesen sein mögen – geben Sie, liebe Leserin, nicht klein bei. Sollte der Mann noch nicht am Schlafen sein, können Sie natürlich versuchen, sich erneut von ihm verwöhnen zu lassen. Durchaus möglich, aber bevor dies einer Almosengabe gleicht und/oder in eher halbherzigen Handlangereien endet, machen Sie es sich sicherheitshalber doch lieber gleich selbst schön.

Falls der Typ noch wach ist, wird er staunen, wie sehr Sie auf Touren kommen können, und sich beim nächsten gemeinsamen Sex bestimmt mehr ins Zeug legen. Falls der Liebste schon schläft, lassen Sie ihn ruhen und genießen Ihre Lust. Sie wissen, was Ihnen gefällt und wie Sie es sich immer wieder aufs Neue am besten besorgen können.

Viel Spaß dabei!

Literatur

Anand, Margo: Tantra oder Die Kunst der sexuellen Ekstase. Goldmann. München 1995.

Chalker, Rebecca: The Clitoral Truth. Seven Stories Press. 2000.

Dodson, Betty: Sex for One. Die Lust am eigenen Körper. Goldmann. München 1999.

Dunas, Felice/Philip Goldberg: Chinesische Liebesgeheimnisse. Müller & Steinicke. München 2004.

Fessel, Karen-Susan: Danke, ich schaff's alleine! Querverlag. Berlin 2003.

Friday, Nancy: Befreiung zur Lust. Frauen und ihre sexuellen Phantasien. Goldmann. München 1993.

Michael, T. Robert/Gagnon, H. John/Laumann, O. Edward/Kolata, Gina: Sexwende. Liebe in den 90ern. Droemer Knaur. München 1994.

Quilliam, Susan: Sexbuch nur für Frauen. Mosaik. München 2001.

Rowan, L. Edward: Schamlos eigenhändig. Sex an und für sich: ein Handbuch für Selbstbesorger. W. Pieper. Löhrbach 2001.

Schutt, Karin: Enjoy! Massagen zum Entspannen. Gräfe und Unzer. München 2002.

Zulley, Jürgen/Knab, Barbara: Unsere innere Uhr. Herder. Freiburg 2003.

Sex & Crime bei Knaur

Hochspannung und Nervenkitzel der besonderen Art …

Patricia Traxler: Blutrot

Auf der Kunsthochschule lernt die Malerin Norrie zwei faszinierende Frauen kennen, die ihr helfen, ihre leidenschaftliche Affäre mit einem verheirateten Mann zu verarbeiten. Doch dann wird eine von ihnen brutal ermordet … »Ein brillanter psychologischer Thriller über die Gefahren der Leidenschaft – ergreifend und wunderbar geschrieben.« *Toronto Sun*

Dolly Buster: Hard Cut

Die Karriere der Erotik-Queen Lilly DeLight läuft wunderbar – bis sie in zwei Mordfälle verwickelt wird: Eine Journalistin und der männliche Hauptdarsteller ihrer Videos werden tot aufgefunden. Und bald kommen weitere Opfer hinzu. Die Medien verdächtigen Lilly – und die fragt sich, ob ihre schärfste Konkurrentin Greta Giehse dahinter steckt …

Stella Cameron: Nackte Lügen

Auf der Suche nach ihrer verschwundenen Freundin landet die Anwältin Phoenix in einem exklusiven Club. Dort werden in elegantem Ambiente die unglaublichsten erotischen Phantasien ausgelebt. Der Inhaber misstraut Phoenix sofort – doch sie hat ihre ganz speziellen Ermittlungsmethoden …